L'ATTRAPE RÊVES

Du même auteur

Dictionnaire amoureux de l'Ovalie, Plon, 2019.

Dictionnaire amoureux du rugby, Plon/Flammarion, 2017.

Mes Méditerranées, Éditions de l'Aube, 2017.

Petit dictionnaire amoureux du rugby, Pocket, 2015.

Perds pas le Sud, Plon, 2006.

Partir, éloge de la bougeotte, La Table ronde, 2003.

L'Esprit du jeu : l'âme des peuples, La Table ronde, « La Petite Vermillon », 2001 ; « Vermillon », 1999.

Petites histoires racontées à un jeune du Front national, Le Rocher, 1997.

Rugby, des bonheurs à vivre, Le Rocher, 1995.

L'Ami indien, Le Rocher, 1992.

Passion ovale, Le Rocher, 1990.

Daniel Herrero

L'ATTRAPE RÊVES

ÉQUATEURS

ISBN : 978-2-3828-4436-6.

Dépôt légal : octobre 2022.

170 *bis*, boulevard du Montparnasse, 75014 Paris.

editions-des-equateurs@orange.fr
www.editionsdesequateurs.fr

Aux enfants de mon sang, Paco, Selma, Ferdinand et Rosalie, qui par tous les temps me confortèrent dans l'idée que vivre est un privilège grandiose.

À ce grand cèdre qui caressait ma tignasse et dont le brusque départ me fit douter jusqu'à la bonté de ses Dieux.

Mon pays

Je suis heureux d'être là. Jusqu'à peu encore, j'en doutais. J'avais envie de partager ce sentiment avec toi, mais je me demandais ce que je pouvais te conter. J'attendais le picotement, celui logé dans les tripes, puis gagnant la langue jusqu'à ce qu'elle me démange. Il m'envahit lorsque je compris ce dont j'avais envie : te parler de mon pays.

Je ne parle pas de la France. Je ne parle pas non plus de ma Provence, de ses yeux azur, de son verbe chaud et de son accent chantant. Ce n'est pas non plus l'Ovalie, que pourtant je chéris. Ce sont mes petits et grands frères et mes sœurs humaines, mon pays. Mes cousins les oliviers, mes amies les gazelles.

Il est peuplé de troupeaux, de vergers, d'équipes, de pelouses verdoyantes, de hordes et de forêts, d'une meute, d'une famille et, ensemble, nous formons une communauté. Les vivants. Le voilà, mon pays.

Parmi eux, demeurent aussi les vivants déjà morts depuis longtemps. Cette confrérie de légendes gît dans les ruelles de vieilles villes, dans des ruines ou des cavernes, dans les fissures de blocs de pierre, entre deux rangées de colonnes à l'agonie.

Mon pays, c'est ce cèdre plantureux qui avait conquis le cœur de ma maison et de ses habitants, ma femme et mes enfants. Adossé à la vieille chapelle qu'était notre logis, il régnait en seigneur sur les autres végétaux du jardin. Notre révérence en sa présence devint connivence. En son cœur, se nicha bientôt une cellule de vie. À dix mètres au-dessus du sol, nous y avions érigé une cabane. Là, nous, chacun et tous à la fois, avons trouvé refuge au fil des années. Il fallut une funeste tempête carabinée pour le déraciner. Nous l'avons veillé une nuit entière avant de lui dire au revoir et merci. Parfois, les affections deviennent les amours de toute une vie.

Mon pays est un monde. Il est mon univers. Enfant, déjà, ma géographie intime dépassait le vieux HLM de ma bonne ville. Mon intime, c'était ma mère. Quand elle me serrait contre son cœur en bordure d'un stade de campagne ou me tendait le citron que j'envoyais, à la mi-temps, à mon père. Mon univers n'était pas la garrigue. C'était mon papet – le surnom de mon grand-père – et son cheval, dont je tenais les rênes du haut de mes 8 ans. Mon papet qui, un matin d'aube fraîche, regardant le bosquet au loin, me dit : « C'est là qu'est née ta grand-mère » et, ramassant une poignée de terre rouge d'une main, serrant la mienne très fort de l'autre, me murmura : « Elle nous en a fauché de la sueur et de la sanquette, cette terre. »

Mon univers, c'était les miens. C'était ma bande et mes copains, Calou et Bingle, passant me chercher en chemin pour l'entraînement des benjamins. Pas mon école, mais ma classe composée de mioches hurluberlus et de notre maître. Pas mon stade, mais le gros tas de joueurs emmêlés, gémissant en chœur et en joie. Mes vivants...

Dans mon univers, la seule chose dont je me moque, c'est le temps. Celui qu'il fait et celui qui nous fait. La météo n'a pas de troublants impacts sur ma vie. La pluie reste un cadeau, le soleil une entourloupe romantique et les fluctuations de l'une ou de l'autre ne sont que l'expression d'humeurs passagères. Quant à celui qui indique l'heure ou détermine un âge, je ne m'en préoccupe jamais. Mon passé est conservé dans le buisson de ma mémoire, sans chronologie. Seule importe la vibration de l'instant.

J'ai toujours regardé plus attentivement dehors que dedans. Les gens de là-bas m'interpellaient. Comme si, pour les comprendre et les estimer, il me fallait les rencontrer. Mon papet des garrigues, à l'ultime lueur de ses yeux berbères, me confiait :

« J'y suis arrivé, moi l'Espagnol oublié par le monde et sans domicile fixe, à connaître toute la France.

— Magnifique, papeto !
— Je connais Béziers, Narbonne, Bize-Minervois, Mazamet et Carcassès. »

Soit un périmètre de cinquante kilomètres.

Mon pays à moi n'a pas de frontières. Et j'aime en explorer chaque bout de terre. Rien ne me laisse indifférent, surtout pas les vivants. Coincé entre deux wagons cabossés d'un vestige de train agrippé à la cordillère des Andes, je m'aventurais sur les traces du Che juste après son décès. Un mort vivant tant estimé. En pleine turbulence soixante-huitarde, le boss philosophe Michel Serres me confiait : « Pour te faire une décente opinion de notre espèce, mon cher compagnon, de tes congénères et peut-être de toi-même, je crois qu'il te faudra tous les rencontrer. Tu dois les voir tous ! Tous les humains de ta planète. » Toutes et tous. À poil ou vêtus d'écailles, à plumes ou en feuilles, toutes celles et tous ceux dont une lueur habite le moteur. Alors, j'explore, plaçant la rencontre au cœur de toutes mes aventures. Je voyage avec l'objectif de mettre mon palpitant au contact. La relation m'aiguise. La connexion me galvanise.

J'ai un rhésus social universel. Je me nourris des intensités relationnelles. Je m'embourbe dans les sentiers sinueux et galopins, à la poursuite de ces rencontres éblouissant inlassablement mes sens. Je rame, convaincu de la légitimité de la tâche et de son immensité. Dans le désert, au fin fond de l'Amazonie, en Bourgogne ou en Andalousie... Sur mon chemin, je n'ai quasiment vibré qu'avec des gens comme moi, heureux d'être là. Le goût des autres suffit à m'enchanter. Sur la route de mes joies, il y a toujours un vivant près de moi. Allez, viens cheminer à mes côtés.

Rosalie

En période de vacances scolaires, dans l'antre chaud de ma chaumière, il est de tradition que le petit déjeuner soit un moment de dégustation accompagné de récits de voyages pour ma petite-fille Rosalie. Nous invitons à cette collation matinale les plus affectueuses de ses peluches, il peut s'agir de Lapinette, Grassouillette, Oursonne ou Reine des Neiges. Elles partagent avec nous le bol de céréales et le mets préféré de Rosalie : des tomates cerises coupées en morceaux avec de l'huile d'olive et du pain pour saucer.

Un matin parfumé par le jasmin du jardin, nous avons reçu Beppo, le singe en peluche râpée, partenaire principal des espiègleries de Rosalie.

« Papi, est-ce que la famille de Beppo vit en Afrique ?

— C'est probable car beaucoup de singes de toutes les espèces y vivent. Est-ce que tu sais que j'ai bu un coup d'eau fraîche avec les gorilles ?

— Beppo ne te croit pas, et moi non plus. Papi, souvent tu exagères !

— Pourtant, c'est vrai. Il y a quelques années, avec mamie et des amis qui aiment beaucoup la forêt et les animaux sauvages, nous avons marché dans une montagne en plein milieu de l'Afrique, dans un pays qui s'appelle l'Ouganda. C'était une randonnée de plusieurs heures, sous une grosse chaleur. Nous commencions à être très fatigués quand, venus du haut d'un arbre immense, des bruits de tambours nous ont attirés. Nous avons longuement cherché au niveau des branches pour découvrir l'identité du tambourineur. Quelle surprise lorsque nous avons découvert une grosse masse sombre, perchée aussi haut ! C'était un gorille, posté en sentinelle. En tapant des poings sur sa poitrine, il devait sûrement avertir les autres de notre arrivée. Ça sonnait et ça résonnait très fort ! Quelques minutes plus tard, il est descendu de l'arbre et s'est faufilé dans le sous-bois juste devant nous, comme s'il nous ouvrait la voie. On a alors compris qu'il nous invitait à le suivre. En fait, il nous guidait ! Nous avons marché derrière lui un long moment et, après avoir traversé une épaisse végétation, nous sommes arrivés dans une petite clairière. Et là... surprise ! Nous n'étions plus seuls mais entourés d'un, puis deux, puis trois gorillons, en train de se balancer à des lianes, frôlant nos casquettes. Le grand gorille que l'on appelle dos argenté s'est alors assis sur ses fesses dans un tapis de verdure. C'était lui le chef et il en imposait, crois-moi, avec ses 200 kilos. Notre guide a compté les membres de sa famille, et en tout ils étaient quinze, des gorillons, des ados bien costauds et des femelles. Nous étions à moins de dix mètres d'eux... Tu te rends compte ! Et surtout, sais-tu qu'il ne faut pas les déranger ? Ne faire aucun geste brusque ou désordonné et le moins de bruit possible. Deux gorillettes curieuses se sont ensuite approchées de moi et postées quasiment entre mes pieds où coulait un filet d'eau fraîche caché par les herbes. Je me suis demandé si le chef gorille nous avait emmenés là pour nous offrir cette eau comme un pot d'accueil. La jeune gorillette a trempé sa main dans l'eau fraîche, m'a regardé dans les yeux, puis l'a avancée calmement vers moi avant de laper l'eau qui ruisselait dans ses poils. Elle a recommencé son geste plusieurs fois, me montrant ainsi comment on buvait chez eux. C'était comme chez nous en Provence, quand on offre les glaçons dans la citronnade. J'étais tellement heureux d'être accueilli dans le salon de la famille gorille que je me suis penché pour toucher sa main. Elle a sauté en arrière brusquement, je crois qu'elle a eu peur. La jeune garde de gorilles s'est alors redressée et tout le groupe a fini par réagir, électrisant l'air que nous respirions. J'ai cru faire une terrible bêtise et craint un assaut généralisé. Mais le chef n'a pas bougé. Un volcan paisible, un colosse serein, tranquille. Je crois surtout qu'il avait compris que rien dans nos mouvements ne laissait présager un quelconque danger pour lui et sa famille. Et puis, plus un geste n'est venu troubler l'atmosphère de la clairière. Jusqu'à cet instant où le dos argenté s'est levé, donnant le signal du départ. En quelques secondes, les gorilles se sont alignés les uns derrière les autres avant de disparaître dans la jungle. »

Nous ne revenions pas de cette invitation. Dans cette nature forestière aux énigmatiques beautés, une grande famille de gorilles venait de nous offrir son hospitalité. Avec un roulement de tambours pour nous souhaiter la bienvenue, le majestueux chef de famille s'était laissé approcher et nous avait même guidés vers son chez-lui. En Ouganda, nous avons assisté à notre première leçon de communion, donnée par des gorilles des montagnes, et sache que c'est un privilège car il n'en reste que quelques centaines sur la planète. Cette anecdote me fait penser à une phrase du physicien Stephen Hawking qui avait perdu la parole à la suite d'une maladie : « Enfin, je communique bien depuis que je ne parle plus. »

Rosalie sauce avec un morceau de pain les dernières gouttes d'huile d'olive dans son assiette avant de l'offrir à Beppo.

Olympie

Alors que nous comprimions nos nez sous nos masques face à une équipe de virus en pleine forme commandée par Omicron, je revisitais la Grèce et parvenais à entrer pour la quatrième fois dans le sanctuaire d'Olympie. Au cœur du Péloponnèse, il a accueilli, mille ans durant, les Jeux olympiques de l'Antiquité. J'étais détendu et heureux, un chouïa habité par la sensation de bien connaître les lieux.

En cette fin d'après-midi, le site était quasiment vide. Seul parmi les Immortels, j'étais envahi par le désir de courir sur le fameux stade, de m'incliner dans le temple de Zeus, ou du moins ce qu'il en reste, de tâter et renifler un éclat de pierre dans l'atelier de ce Phidias, sculpteur de la statue de Zeus, une des sept merveilles du monde. J'avais envie de faire quelques pompes dans la palestre et peut-être de boire une gorgée d'eau tiède de ma gourde aux bains ou aux thermes. Si tu n'y es jamais allé, je dois te préciser qu'Olympie est un tas, certes inestimable, de ruines délabrées et abattues. Aucun monument n'est resté debout et la terre a déjà bien entamé la digestion des pierres.

Tout a été dit sur Olympie et ses dieux. Et je dois t'avouer que la mission que je m'assignais était de discuter tranquillement, sans aucune extravagance, avec Milon de Crotone, grand gagnant de six olympiades au VIe siècle avant J.-C. Et pourquoi pas entamer quelques dialogues avec Platon, qui n'en remporta pas mais participa à deux JO au pancrace, ce sport qui combinait la lutte et le pugilat.

J'étais habité par une dévorante curiosité. Je voulais comprendre comment on entraînait des petits gars pour ces compétitions. Discuter de tout cela avec des âmes qui, deux mille cinq cents ans auparavant, avaient connu la gloire et la couronne d'olivier, l'unique prix qui venait récompenser le vainqueur de chaque discipline. L'embêtant, lorsque l'on discute avec les âmes enfouies dans les fissures des blocs de pierres écroulées, c'est que l'on fait les questions et les réponses. Et l'on nous répond souvent ce que l'on veut entendre.

J'avais déjà tenté ma chance dans les ruines de Chichén ltzá au Mexique. À mon grand désespoir, ça n'avait rien donné. Quant aux bâtisses réputées de Jérusalem : elles imposèrent leurs idées dans mes rêves mais elles ne me contèrent jamais rien. Finalement, il n'y a qu'au stade Mayol de Toulon que j'entendis clairement le souffle chaud de nos anciens dans les tribunes mugissantes : « Nous serons toujours là ! » avant qu'elles n'entonnent la *Coupo Santo*, l'hymne de ma Provence.

Converser avec l'âme d'un lieu ou d'une époque est une chaotique aventure. Leurs traces s'érodent, leurs sillons se comblent ; leurs histoires se floutent et s'enfouissent. Mais parfois, comme ici à Olympie, quelques idées gravées çà et là flottent au-dessus des terres et nous en disent plus sur les héros disparus qui y vécurent jadis. Alors, je ne désespère jamais de capturer un ballot de mots et d'idées virevoltantes autour d'un temple ou d'un sanctuaire.

J'entrouvrais mon paletot pour lui donner le gonflement d'un attrapeur de rêve, je gonflais mes narines afin d'inspirer un petit peu plus que de l'air. Je pris appui contre une galette de granit plantée en terre qui semblait attendre mon dos depuis mille ans au moins. J'étais prêt pour entamer une conversation avec Milon de Crotone, dont je vous parlais plus haut, ce lutteur d'une gaillardise hors norme. Il dévorait un veau voire un bœuf par jour, avait la vantardise aisée et l'arrogance régulière, même si on le disait de petite carrure intellectuelle. Il était marié à Myia, qui n'était autre que la fille de Pythagore. Non seulement inventeur du fameux théorème, ce dernier fut aussi l'entraîneur de Milon à Crotone. Après une brillantissime carrière d'athlète, Milon devint général et écrabouilla sans remords les troupes de Sybaris, colonie grecque du sud de l'Italie où régnaient l'orgie et la luxure.

Couillon comme un âne, il fut dévoré par des loups dans une forêt de Calabre avant de finir en marbre, merveilleusement sculpté par Pierre Puget dans l'aile Richelieu du musée du Louvre.

Milon ne me fit aucun discours, ni aucune confidence. Mais la liste de ses exploits au musée d'Olympie me permit de faire l'essentiel de mon voyage imaginaire.

Sur ce site emblématique, je tirai l'émouvante conclusion qu'ici venaient tous les quatre ans, à l'abri de la fameuse trêve olympique, de beaux athlètes éduqués pour grandir en performance athlétique et en beauté d'âme. Il en fallut du temps, des siècles d'obscurantisme, pour que le sport et les jeux du corps, magnifiquement glorifiés au temps de l'Antiquité grecque, retrouvent leur place dans nos sociétés.

Il y eut la longue période des massacres de faux sportifs-gladiateurs au Colisée des Romains, la longue nuit de deux millénaires d'éducation militaire et guerrière des gens de sabre et canassons. La flagellation et les génuflexions de pénitents au confessionnal de la Curetaille finissant d'anesthésier la régalade de bien vivre dans son corps. Le corps des joies et des abnégations ludiques, des amours passions qui portent le chant de l'âme et font le trait d'union avec le monde des vivants, était jeté aux orties, supposément habité par les péchés mortels.

Ces temps sont, fort heureusement, révolus. L'école d'aujourd'hui fait du corps et du sport un champ majeur d'éducation et le peuple danse et chante à la gloire des sportifs dans les stades.

La nuit, qui en été tarde à tomber sur les pierres ocre, semblait prête à remplir sa mission. J'interrompis mes pensées et m'apprêtai à prendre congé de ces lieux si denses. Paisible, léger, habité par la délicieuse sensation très intériorisée que j'étais un peu chez moi.

En chemin vers la sortie, au niveau de ce que fut le gymnase et juste avant les restes de la palestre, je croisai un gars de très belle allure. Un homme assez jeune, arborant la corpulence d'un sportif. Je lui lançai alors à la légère :

« *Kalispera !*

— Vous êtes déjà venu ici à Olympie...

— Trois fois dans les vingt dernières années, effectivement.

— Ce n'était pas une question ! Vous êtes venu ici dans les temps antiques, je vous l'affirme. Il y a longtemps que vous portez le bandeau rouge dans vos cheveux ?

— Une quarantaine d'années.

— Non, vous le portez depuis deux mille cinq cents ans au moins. *Kalispera !* »

Puis il partit sans se retourner.

Quelques mètres plus loin, je croisai un couple, une femme et un homme de ma génération, en train de se prendre en photo. Je les saluai, les complimentant sur leur allure et leur allant. Le mari me remercia en me tendant la couronne d'olivier qu'il tenait dans ses mains, en ajoutant : « Vous l'avez méritée. »

Les Marcousses

Ça va bientôt péter du côté de Sedan. Longwy cède, Neufchâteau craque, les Allemands envahissent la France de l'Est. Nous sommes en août 1914. Antonio, mon papet, a 16 ans. Il est palefrenier dans un mas à Lézignan, une petite ville d'Occitanie. Sa Catalogne natale, son Espagne, il l'a quittée il y a quelques années.

Avant son exil en France, ses parents l'avaient placé dès l'âge de 9 ans comme ouvrier agricole dans une ferme proche de la frontière. Avec ses sept ou huit frères et sœurs, il y avait bien trop de bouches à nourrir.

Quelques années plus tard, l'Europe se brouille, l'Espagne meurt de faim et mon papet se retrouve dans les Corbières de France à s'occuper des chevaux à l'octroi de Lézignan. Espagnol sans attache, c'est à ces équidés qu'il va confier son affection, ses forces vives, ses réussites réconfortantes.

Nous sommes cette fois en 1968. Le Che a récemment été assassiné en Bolivie et moi je viens d'être évincé de l'équipe du RC Toulon qui va disputer la finale du Championnat contre Lourdes. L'entraîneur, c'est mon frère aîné. Il est aussi joueur, ce qui fait beaucoup. Comme tous les remplaçants, je souffre un peu d'être sur le banc. Pour disputer cette finale, mon frère robuste et vaillant, mais si peu artiste et innovant, a choisi les joueurs les plus en forme et les plus virulents. Comme on le fait à Toulon depuis mille ans. On attend le bouclier de Brennus depuis si longtemps...

La rue et les chansons de ce mois de mai 1968 m'ont pris beaucoup de vitalité et ont allumé quelques broussailles dans mon cerveau. Je ne joue pas la fameuse finale, rien de grave. J'ai un peu mal au cœur, mais rien de grave. Si mon frère, un peu plus expérimenté que moi, a choisi de ne pas me titulariser, il doit avoir une bonne raison. Je le sais honnête et d'âme respectable. Bourrin mais passionné. Rien de grave... Tout est plutôt beau, même mon incompréhension.

Le ballon ovale m'oppresse un peu la poitrine. Avec les quelques billets remis dans une enveloppe par le président du club en guise de primes de matches, j'achète un ticket de troisième classe à bord de l'*Augustus*, bateau italien propriété du Vatican, pour voguer vers l'Amérique du Sud. Marcher sur les traces du défunt Che... J'ai 20 ans et je ne laisse personne dire, même pas Paul Nizan et son esprit élevé, qu'il n'est pas le plus bel âge de la vie.

Après seize jours de traversée de l'Atlantique, je débarque à Buenos Aires que je situais dans ma tête entre l'Alaska et l'Australie. J'ai en poche, donnée par un oncle quelques jours avant mon départ, l'adresse d'un certain monsieur Oules, résidant à Viedma de Patagonie. Viedma est à Buenos Aires ce que Biarritz est à Strasbourg. Pas moins de mille kilomètres séparent les deux destinations.

J'apprendrai plus tard que monsieur Oules a quitté la France un peu précipitamment après l'Armistice de 1945. Mais pour l'heure il m'attend, non pas sur le quai de la gare de Viedma, car cela serait sublimer la situation, mais à l'arrêt Viedma, situé en pleine campagne. À ma descente du vieux wagon, il me salue chaleureusement.

Passionné par les chevaux et le commerce, il a élu demeure au pays des gauchos. Un soir, alors que nous conversons après le dîner, il me confie avec émotion avoir pour mon papet Antonio, palefrenier de Puisserguier, un immense respect et une très vive admiration. Mon papet, cet enfant de nulle part, était devenu l'homme le plus fort et le plus doué du village avec les percherons, ces magnifiques chevaux de trait et de labour.

J'ai 8 ans. Il est 5 heures du mat' en ce jour d'avant vendanges. Ma mamée Dolorès aux longs cheveux vêtus de cendres et de tristesse me tapote l'épaule enfouie sous les draps : « *Réveillo té, lou papet t'espèré.* Réveille-toi, le papet t'attend. »

Mon papet effleure de sa pommette saillante ma joue dodue de petit garçon ! Sa barbe drue a l'odeur fraîche du début du jour et la couleur des cieux qui n'attendent personne.

Lui, Antonio Turruella, qui a « bêché la terre par tous les temps, qui ne fut ni jaloux ni méchant[1] », marche lentement sans écraser le sol. Ses mâchoires carrées témoignent de sa pugnace détermination et de l'habitude de mastication énergique de celui qui a connu la faim. Sa montre à gousset consultée dans le creux de sa main dans un geste discret signe une sobre élégance : « Es l'ouro ! *Il est l'heure.* » L'Homme de la nature aime jouer en solitaire aux horlogers du temps qui passe.

Après un bol de lait au chocolat, j'accompagne le papet à l'écurie où Coquet, notre percheron, enveloppé des senteurs ammoniaquées de l'étable, est déjà équipé : mors en gueule, bridon et collier au garrot. Tenant fermement les rênes du mors, mon papet sort Coquet de l'écurie, traverse la petite cour et vient lier le cheval à

1. Georges Brassens, *Pauvre Martin.*

la jardinière, la voiture hippomobile, qui l'attend sagement. Je contemple la scène.

Dans cette aube naissante, dans la ruelle déserte, retentit le signal du maître Papet. Il parle à son cheval : « Arai ! » Coquet l'entend, l'écoute. Le papet parle peu, très peu. Quelques fois, avec moi, toujours dans ce patois que je ne parle pas, ou très peu. Le papet dit « Arai ! » et je comprends qu'il lui ordonne « Recule ! » ou bien « Arrière ! ». Le cheval obéit. « Arai ! », ton gentil. « Arai ! », ton autoritaire. Coquet renâcle. « Arai ! », ton colérique. Le cheval lève et balance son museau d'un côté puis de l'autre. Je crois qu'il veut dire « Pas d'acc ! ». Le papet prononce « Arai ! » dix, ou peut-être vingt fois. Sa barbe sur ses joues creuses sent l'aube du matin. Tout l'inventaire des tonalités apprises au Conservatoire de la vie y passe. De la crainte au comique, de l'affirmatif à l'interrogatif. « Arai ! », le cheval recule entre les bras de la jardinière. On lui attache la sous-ventrière et nous voilà partis.

« *Ounte anan aqueste maïti ?* »
« Où allons-nous ce matin ? »
« *Din las gariguos !* »
« Dans les garrigues ! »

Et le papet se met à siffler un air inconnu… puisqu'il vient de l'inventer !

La nuit très claire invite nos épidermes à goûter l'air déjà tiède. Le papet ajuste sa casquette de toile. Sa chemise à carreaux bleutés bien que balafrée de « reprises » dans tous les sens ne marque aucune lassitude. S'il communique beaucoup avec ses chevaux, papet parle peu avec les humains. Je suis le seul avec qui il entretient un lien.

Le jour s'installe entre la sortie du village et le cimetière. Puis, après le four à chaux au sommet de la côte qui conduit à la chapelle de Saint-Christophe – celui que l'on accroche au porte-clés de la voiture et qui protège les voyageurs des accidents –, s'étale la couche d'air pourpre qui annonce l'Astre.

« *Arriba lou souleou !* »
« Il arrive le soleil ! » dit-il en souriant.

Coquet stoppe net sa marche, soulève sa queue toujours bien peignée, et lâche un chapelet de grosses crottes qui tombent sur le bitume. Disciplinées, en file indienne, parfaitement rondes.

À l'aurore, le soleil pointe tout en élégance. Jaune orangé au mitan, roux en crête, tomate cerise et fraise des bois en bout de mèche et de tignasse, il nous envoie du beau. On passe une draille sans ornière puis, derrière un bosquet de pins, arrive l'ultime grimpette sur un sentier défoncé. Le son « Ho ! », un ordre puissant scandé trois ou quatre fois, vient apaiser les effets du mors sur la commissure du museau de Coquet. L'arrêt est rapide. Le papet me demande d'attacher le cheval à l'amandier.

« *Sian arribat aux Marcousses !* »
« Nous sommes arrivés aux Marcousses. »
« Mais Papet, il n'y a rien ici ! »
« *Dises qué n'i a pares ?* »
« Tu dis qu'il n'y a rien ? »

La main calleuse du papet s'est posée sur mon épaule.

« *Gueito !* »
« Regarde ! »

Il pointe une baraque de pierres sèches au toit effondré derrière un gros buisson de ronces.

« *Aqui qu'es nascuda ta maïre.* »
« C'est là qu'est née ta maman. »

Nous n'avions pas d'eau, et que des bougies... Et tu dis qu'il n'y a rien ! Tu vois ces quelques pieds de vigne abandonnés, sur ce petit coteau couvert de romarin et de lavandes sèches, je ne sais plus combien de seaux de terre j'ai remontés jusqu'à leurs pieds dénudés après les gros orages d'hiver !

« *M'en crevat.* »
« Ça m'a crevé. »

Et maintenant regarde bien le long du chemin qui descend au petit ruisseau. Tu vois le petit pont de pierre ? Mon fils, Louis, en essayant d'attraper des grenouilles, est tombé du parapet quand il avait 7 ans. Il s'est cassé le dos, il ne s'en est pas remis, il est resté bossu. »

« *Es mort l'an passat !* »
« Il est mort l'an passé ! »

C'était ton oncle. Le pauvre Louis. Il avait 36 ans. Tu vois, devant la borie écroulée en haut d'*aquello* butte, il y a une grosse pierre plate qui sert de table. Ta maman Yvonne, lorsqu'elle m'accompagnait pour ramasser les bouffanelles (fagots de sarments), s'y reposait parfois et lisait dans son cahier du certificat d'études.

« *Es anada dos ans a l'escole comunale per passa lou certificat.* »

« Elle est allée deux ans à l'école communale pour passer le certificat d'études. »

« *Lou premier cop que presenta lou certificat lou mestre li demandet...* »

« La première fois qu'elle s'est présentée le maître lui a demandé... Qu'est-ce que les étoiles ? »

« *Ta maïre, qu'èro una pichouna de 12 ans, réfléchisset et diguerra : C'est un souleou qui s'est enfruminé. Ça a gisclat des bélugues qui se sont rapéguées al cel. Ero clar, noun ?* »

« Ta maman, qui était une petite fille de 12 ans, réfléchit et répondit : C'est un soleil qui a explosé. Ça a giclé des étincelles qui se sont recollées au ciel. C'est clair, non ? »

Ils ont recalé ta maman. Elle ne parlait pas bien le français.

« *Aven ploura de tems.* »
« Nous avons pleuré longtemps. »

En 1999, j'ai retrouvé le terrain des Marcousses enseveli sous des mers de ronces et de genévriers. Je décidai aussitôt de racheter pour quelques pesos ce lopin de terre.

Je lui ai refait une beauté. Le soc du gros engin qui le laboura sur un mètre de profondeur n'avait évidemment pas l'éclat brillant de la charrue de mon papet, ni la classe de Coquet qui lui ne remuait cette terre des garrigues que sur quelques centimètres.

Le 1er janvier de l'an 2001, jour d'ouverture du troisième millénaire, nous y avons planté une équipe d'oliviers qui fournit aujourd'hui l'huile d'olive à tous les descendants du papet. La transmission est assurée sous les feuilles bleutées de l'olivier, arbre hautement chargé de symboles.

Ami, entends-tu !

J'ai la chance d'avoir un sommeil facile, de m'endormir partout rapidement et profondément. Bien sûr, comme chez tous les ados, le chant d'hormones a agité mes draps et les compos de maths ont mis à mal mon ventre la nuit qui les précédait. Parfois, les seins de ma copine s'immisçaient dans ma nuit, mais aucune de ces entraves ne m'a vraiment empêché de dormir.

Mes nuits devenaient blanches uniquement quand, en boucle, revenait la question : « Est-ce que mes amis m'apprécient autant que je les estime ? Est-ce que je peux compter sur eux ? » « Mes copains d'abord » et « Tous les gars de ma bande » venaient ainsi chatouiller ma conscience jusqu'au carrefour de l'angoisse.

Déjà, en dernière année de maternelle, j'admettais mal que mon copain Gilbert puisse me dénoncer à la maîtresse lorsque j'avais dit un gros mot comme « putain con ! », peut-être entendu dans ma chaumière familiale un jour de paie. Gilbert était mon ami et un ami, ça ne dénonce pas ! Ça ne dit pas de méchancetés dans le dos non plus.

Le jour où mon meilleur pote donna la priorité à un rendez-vous galant plutôt qu'à l'entraînement de rugby avant un match capital, j'en fus abasourdi. Vénèr ! Je dormis mal. J'en mal sommeille encore...

L'amitié, ce lumineux sentiment, indispensable au bonheur des humains, résiste-t-il au feu des corps, aux ambitions personnelles, aux dangers sérieux et mortifères de la vie ? Je me demande si l'amitié est la garantie de mes jours heureux ou si je réserve cet optimisme à d'autres sentiments. C'est une des grandes questions de mon existence.

Quelle allégresse, quel réconfort dans ces paroles sans musique du compagnon Albert Camus : « Je n'ai aucun désespoir, je sais que l'amour existe ! »

Cette intime plongée était récurrente chez moi : Dans quelles proportions l'amitié serait-elle mise à l'épreuve en situation de survie ? Pourrions-nous garder la robustesse des attachements si des dangers insoupçonnés s'invitaient sur notre route ?

Si la mort rôdait, que raconteraient les regards effrayés ? Bien des années plus tard, j'eus l'occasion de vivre des péripéties quelque peu éclairantes sur le sujet...

L'archipel norvégien du Svalbarg s'est installé au grand nord de l'Europe avec la conviction géologique qu'il aurait de nombreuses occasions de bavarder avec le Pôle. Nous sommes sept à embarquer cet été-là à bord de l'*Albarquel* avec mon ami-frère et capitaine, Claude. Nous naviguons dans l'océan Arctique sur ce bateau sans grand confort mais possédant un cachet certain et une gaillardise à faire pâlir un pilier sud-africain. Avec son pavillon « Fidélité garantie » il rassure les sept collègues ne craignant pas le glaçon au bout du nez, les vingt-quatre heures de jour d'affilée, la ribambelle de sternes, pétrels et autres oiseaux prenant un plaisir non dissimulé à hurler au ras de nos têtes. Régulièrement, la visite de morses accapare mon attention. Je les observe consciencieusement et dois bien avouer que l'ambiguïté de leur regard et la longueur de leurs canines soulèvent chez moi quelques inquiétudes. Mais il y a surtout des ours ! Des ours blancs sublimes, en robe immaculée, si beaux qu'ils ne paraissent pas représenter de danger.

Un matin sans date, qui ressemble à la veille et à son lendemain, nous mouillons à une trentaine de mètres d'une anse qui, à la fin du XIXe siècle, a accueilli le départ d'une expédition en ballon vers le pôle Nord. Après deux mois de préparation sous ces latitudes extrêmes, trois hommes se lancèrent au cœur de l'été 1897. Ils s'écrasèrent deux jours plus tard, sains et saufs, mais périrent après trois mois de marche sur la banquise. Nous voilà donc sur cette terre polaire, accompagnés du cuisinier légalement armé, nous prémunissant d'une éventuelle attaque d'ours blanc. En espérant qu'il soit aussi à l'aise qu'avec son rouleau à pâtisserie… Un talkie-walkie assure la liaison avec Claude, notre capitaine resté sur le bateau. L'annexe nous a débarqués en deux fois sur ce site chargé d'histoire, jonché de ferrailles rouillées, impeccablement conservées par la glace présente plus de dix mois par an.

C'est alors que retentit un coup de fusil, puis deux. Ils viennent de l'*Albarquel* ! Piteux, le cuisinier constate avec effroi que son talkie-walkie n'est pas branché. Une fois cette méprise réparée, on entend fermement, malgré un léger grésillement : « Ours en vue ! Ours en vue ! Rapatriement immédiat ! » L'ours blanc se trouve à quatre-vingts mètres de nous, dans l'en-but adverse. Il hume, renifle, le cou allongé, la tête en balancier. Nous avons conscience qu'en quelques secondes seulement il peut venir nous plaquer. Nous nous trouvons à quelques pas de l'annexe caoutchouteuse et Claude hurle dans son talkie : « Rapatriement immédiat, montez tous ! » Maintenant que l'ours a senti les gigots frais, il tente de s'approcher. Il faut se dépêcher. Seul problème, l'embarcation de fortune ne peut, en théorie, accueillir que quatre personnes. En quelques foulées, nous voilà tous les pieds dans l'eau. Une eau à deux degrés… Il faut maintenant enjamber le flotteur et vite grimper à bord.

Sans précautions un collègue plonge, suivi d'une copine à l'œil crispé, la mâchoire pendante et le souffle coupé. C'est mon tour. J'écrase, me semble-t-il, un tibia en travers de ma route, je trébuche et m'affale sur la poitrine de ma copine d'expédition, au moment où un corps pas loin d'être mort s'abat sur mon dos... L'embarcation me semble toujours posée sur les cailloux quand je perçois le visage écarlate et habité de précipitation du cuisinier-guide-protecteur. Il parvient à pousser le gros hamburger chargé de viande blanche vers quelques profondeurs d'eau suffisantes pour mettre le moteur et enfin s'éloigner de la rive.

Pendant quelques secondes, obnubilés par l'idée d'une attaque possible, nous avons perdu tout contrôle, toute courtoisie et même toute décence ! L'ours immobile semblait contempler avec étonnement ce très brouillon rapatriement.

Peut-être même pensait-il, revenant sur ses propres conditions de vie en solitaire : « Mieux vaut être seul que mal accompagné ! »

Il faut bien avouer que, dans la précipitation, nos liens d'estime et d'amitié se sont un peu flétris. Une pointe égocentrique s'est même immiscée chez tous les membres de cette équipe qui, le temps du souffle anormalement chaud d'un ours, a volé en éclats. Il semblerait que la pétoche ait distendu les liens.

Dans la zone rouge sang où l'hypothèse de la mort s'immisce, l'amitié perd de sa sève et la force du collectif s'estompe. L'amitié est-elle armée pour livrer d'aussi gros matches ? Ceux dont dépend notre survie ? Serait-elle uniquement la splendide compagne des jours sans emmerdes ?

Crocodile

Avec ma femme, nous nous trouvons bien loin de chez nous. De nos villes aux multitudes de tout, de nos circuits connus. Loin de nos codes de langage et de relations. Nous sommes ailleurs, au cœur du monde tel qu'il était il y a dix mille ans, dans le delta de l'Okavango situé au nord du Botswana.

Il est 5 heures du matin. Notre pirogue stoppe brutalement sa lente progression sur un petit canal d'à peine deux mètres de large et tout aussi peu profond. Taba, notre éclaireur local, vient d'apercevoir une gueule de crocodile dépasser légèrement d'une végétation de papyrus censée la camoufler. D'après lui, le croco que nous peinons à voir mesure près de trois mètres. Si notre pirogue lui passe trop près du nez, il peut nous happer, nous agripper, nous sauter à la gorge en un centième de seconde et nous transformer en un vulgaire steak entre ses deux mâchoires joliment dentelées.

Le silence de l'aube aux dents de croco se pesant. Nous n'apercevons toujours pas la bête. Elle est pourtant à seulement deux mètres. Taba fait revenir notre embarcation en arrière. Et après cette manœuvre délicate, il nous demande de descendre de la pirogue sans la faire chavirer. Il empoigne alors une sagaie de fer torsadé, avec à son extrémité un losange de métal blanc, plat, très aiguisé. Pieds écartés plantés au sol, il l'arme comme un lanceur de javelot et demeure ainsi deux bonnes minutes.

Soudain, il projette avec une extrême violence la sagaie dans les herbes. Un jet de foudre ! Comme un geyser surgit le croco, le dos arqué et la tête se balançant violemment dans tous les sens. Il bondit comme un fauve sous électrochoc, traversé par la lame.

Le croco, gesticulant par violentes saccades, se dirige maintenant vers nous. Je suis sur le point de déclencher une fuite avec crochet, que je pratiquais au rugby alors que j'étais encore junior. Peut-être que je pourrais grimper sur un arbre vieillot et contempler la scène depuis là-haut… Henri Laborit, vieux marin, médecin chirurgien et biologiste, philosophant en loisir, constatait dans son *Éloge de la fuite* qu'il y a une forme de noblesse à décamper quand la violence pointe le bout de son nez. Mais, les pieds dans le marécage, j'observe la scène, pétrifié.

Il franchit maintenant une grande flaque d'eau qui l'emmène vers le canal. La sagaie qui se balance sur son dos s'enfonce doucement dans les flots, avant de disparaître définitivement. Le croco est mort. Nous sommes abasourdis.

« Taba, pourquoi l'as-tu tué ?

— L'imprégnation visuelle et olfactive que vous lui avez imposée s'inscrit dans son cerveau reptilien. Définitivement. Il serait devenu un tueur d'humains, même si peu d'êtres humains fréquentent ces lieux. Le croco est un animal très territorial. Plus personne n'aurait pu venir ici sans risquer sa vie. »

Si Taba n'avait pas vu le crocodile tapi dans les herbes, il aurait pu nous tuer. Deux hamburgers toulonnais...

Arriver chez quelqu'un et mettre en péril ma vie ne m'a jamais traversé l'esprit, tant mon cœur est dépossédé du désir de conquérir un territoire. J'étais venu sans arme, sans aucune bellicosité. J'étais aimant du lieu et de l'instant. Au cœur de la savane, cette aube fraîche qui se déployait lentement m'apparaissait appartenir à la famille des édens terrestres. J'aimais profondément le lion que nous souhaitions rencontrer, l'éléphant qui faisait l'école à son petit, et bien sûr le crocodile dont j'ignorais le sommeil si léger. Visiter l'âme tranquille, le corps détendu et la chemise ouverte, animé par l'évidence qu'une relation pourrait se créer, semble finalement être une façon suspecte et coloniale de se déplacer.

Peut-être que l'hypothèse la plus saine serait de considérer que la mort peut flotter en permanence sur la rencontre. À moins de trouver dans ton espèce une protection, un clone, un semblable qui saurait parler le langage de la mygale (l'homme araignée), du séquoia (le baron perché) ou le dauphin comme dans *Le Grand Bleu*. Mais, dans tous les cas, le feu nous guette. Y aller malgré tout est une preuve d'inconscience ou de prétention. Si tu n'es pas le bienvenu quelque part, c'est que tu as commis quelques fautes dont certaines peuvent t'avoir échappé… Ainsi croire que tous les crocodiles du monde sont empaillés.

Six mois après, la poste me livrait un paquet mal fagoté contenant un crocodile en bois avec ces quelques mots de Taba : « Lui, il peut rester six mois à t'attendre sous un arbre. »

Coach de sport d'équipe

Nous étions dans le port d'Amsterdam, au Palais des Congrès. Le débat ne portait pas sur les marins qui chantent ni sur les femmes infidèles, mais sur « Coach de sport d'équipe ». Parmi les participants au colloque, personne ne contredisait l'hypothèse de la naissance des sports collectifs contemporains dans les écoles et universités anglaises du XIXe siècle.

Je me trouvais en bonne forme même si un léger trouble me chatouillait l'esprit. Celui qui survient à chaque fois que les mots anglais sont au cœur du sujet. Ils me hérissent les poils et contrarient la danse de mes idées. Avant d'arriver à nos oreilles, les mots charrient des livres d'histoire. Ils appartiennent à une langue parlée sur un territoire. Vivants, ils déboulent seuls ou en tribu, parfois en clan. Les mots sport et équipe trouvent leur origine en France, tout comme « coach ». Anglais, mais pas de souche, il serait un dérivé du français, parti de l'autre côté de la Manche pour se payer un lifting ! « Coche », venu des campagnes françaises, s'est retrouvé anglicisé. Les Anglais sont venus nous faucher notre « coche » pour en faire leur « coach » et le refiler ensuite à nos écoles de commerce.

Les racines des mots se révèlent à la fois dociles et espiègles. Voyageuses, elles passent d'une terre à l'autre, portées par les chants, la culture et l'histoire de leur pays d'origine. Alors que le cocher remplissait avec sa charrette sa mission de suivre le chemin en évitant les ornières de manière respectable, le coach semble diriger avec une grande rigidité. Son équivalent français, l'entraîneur, souligne la vitalité, suscite l'entrain !

Regardons de plus près le mot « sport », il vient des profondeurs linguistiques françaises avec « desport », l'art d'« aller au-delà du port ». Au XVIIIe siècle, les Anglais se sont mis à l'utiliser pour évoquer une pratique athlétique militaro-religieuse en quête de performance et où seul l'effort permet la réussite. « Desport » nous contait un terrain inconnu, appartenant au domaine du rêve, avec pour compagne potentielle la joie. Il évoquait le plaisir et la légèreté, la régalade et le panache. La langue anglaise nous raconte l'ordre et la rigueur, l'effort du corps et les principes moraux du labeur. Breveté anglais, le mot « sport » est entré dans toutes les langues de la planète, y compris celle du Tibet. Avec notre sensibilité latine, il aurait été un voyage en mer inconnue.

En parlant de mer, le mot « équipe », de souche anglo-saxonne, raconterait des histoires d'esquif, de skipper et d'équipage. Il ne serait donc pas ce mot prétendu français depuis des millénaires ? Alain Rey et Michel Serres l'ont attesté : « équipe » ne venait ni d'équilibre, plutôt un joli mot, ni d'équidé avec son galop sonore, ni même d'équité pourtant à la belle allure. Il viendrait donc de *ship* en anglais et de *shift* en allemand. Un bateau !

Équipe, je le croyais pourtant sorti de l'âme de mon peuple, des luttes sociales de mes anciens, des faces les plus lumineuses de l'espèce humaine et de mes aïeux hexagonaux pensants... En réalité, il est anglais ! Même si eux continuent de l'employer pour nommer un bateau et non un groupe d'humains unis par les liens de talent, d'intérêt ou d'amitié... Pour cela, ils ont inventé le mot *team.* Même lorsqu'elle fait rêver, la *dream team* ne raconte finalement que des cordes, des liens ou des brides unissant les animaux au joug, comme son étymologie le suggère. Pour aller au travail sur les chemins pleins d'ornières, sous les ordres d'un cocher au fouet. Ouf ! Je retrouve bien là l'esprit de nos Anglais.

Équipe est un si grand mot, jamais gros, qui dès l'aube de ma vie a été prononcé sans relâche comme une allégresse, un alléluia, en musique de fond.

Coach, sport, équipe. Les sons rondouillards et percutants de ces trois mots tambourinent depuis si longtemps dans mon cœur... Et sur les terrains d'Ovalie, les Anglais restent depuis toujours des adversaires de haut standing pour les Coqs français.

Je l'avoue : je suis perplexe concernant mes sentiments à leur égard. Les estimer exige de moi un effort. Pourtant, qu'ils aient inventé le jeu de rugby et ses règles devrait leur donner un crédit inestimable et inépuisable. Mais voilà, sur les terrains, nous nous sommes fait pas mal d'entourloupes, parfois roués de coups et quelques autres fois serré la main.

Coach, sport, équipe. Trois mots pour un débat de culture et de civilisation. Sportifs français, nous vouons un sincère respect aux pratiques collectives outre-Manche, habitées par l'ordre, le dogme et la méthode. Mais nous savons aussi qu'avant chaque grand match du Tournoi des Six Nations les Anglais s'inquiètent du *french flair* et le redoutent sans même le comprendre.

L'Angleterre est la première nation de l'hémisphère nord à avoir réalisé l'exploit de remporter la Coupe du monde à Sidney en 2003, après avoir vaincu les Français en demi-finale ! J'étais en tribune presse avec mon voisin et ami Richard Pool Jones, grand joueur anglais et commentateur pour la BBC, qui me serra si fort pendant le *God Save the Queen* que je me mis à chanter avec lui. Et après leur victoire contre les Australiens en finale, je bus avec les Anglais quelques barils de demis. *Nobody is perfect !*

Regard vers le ciel

Quand tu es entraîneur d'une équipe de rugby de première division, une finale de Championnat, ça te met implacablement à l'envers. Et quand le score est à égalité à seulement trois minutes du coup de sifflet final, ton esprit peut carrément divaguer.

Temps frisquet. Un vilain 12-12 est affiché. Il reste une minute à jouer. Une minute ! Je risque de mourir de stress dans les prochaines secondes. Afin d'éviter cette déconvenue, je lève le plus discrètement possible les yeux au ciel en espérant que ma patrouille d'anges gardiens ne soit pas en train de roupiller. L'entraîneur adverse fait pareil, mais lui depuis le début du match. Moi, je n'aurais pas osé ! Adresser une prière pendant une rencontre sportive alors qu'il y en a des milliers dans le monde au même moment... Est-ce bien raisonnable ? Est-ce juste concevable ? Le standard du bon Dieu est sûrement saturé.

Il reste trente secondes au chrono. Il n'y a pas d'étoile au-dessus des pylônes incandescents et pourtant je sens ma tête s'incliner en arrière, et, les yeux aux cieux, murmure une supplique du genre « Jésus, Marie, Joseph, filez-moi un coup de main, merde ! ».

C'est alors que le joueur le plus brillant de mon équipe perd le contrôle de la balle. Aussitôt récupérée par un adversaire à qui il reste un peu de gaz. Il entreprend la course zigzagante des déboussolés, balance maladroitement le ballon vers un de ses partenaires qui semblait s'ennuyer. Je me demande si un spectateur non initié jugerait cette passe géniale. En tout cas, il l'attrape. Miracle ! Il court alors la cinquantaine de mètres qui le séparent de l'en-but et atteint la ligne-nirvana. L'arbitre siffle la fin du temps réglementaire et invite les deux équipes à se serrer la main.

Je rejoins avec les miens le vestiaire des vaincus. Je m'en veux de m'être montré si faible. D'avoir fait appel au ciel alors que je le pense vide depuis toujours. Enfin presque. Je me mets à chialer. Si mes bonheurs sont partagés avec mes amis, frères ou amours, alors mes déceptions, tristesses, épreuves douloureuses doivent, elles aussi, être issues de ce giron de mes intimités.

Depuis des lustres, je ne compte que sur le travail et l'amélioration de nos qualités pour conquérir une supériorité sur nos adversaires. J'essaie toujours de faire des forces de chacun une source de fougue et d'énergie.

Et si nous sommes arrivés en finale, ce n'est pas un hasard, et encore moins une chance. Je ne crois qu'en mes joueurs, en mon travail avec eux, en nos ressources. En cas d'échec, c'est notre responsabilité qui est en cause.

Qu'ai-je eu besoin de courtiser le ciel ? Je n'y ai ni codes ni entrées, et ne nourris pour lui aucun appétit. Peut-être aurais-je dû m'adresser à mes anciens, à mon papa, depuis là-haut il m'aurait sûrement donné quelques combines.

Cette soirée aurait pu se solder par une victoire. Nous pourrions être en train de vibrer autour du bouclier. Mais la seule chose qui vibre, c'est mon ciboulot. Le ciel que j'ai imploré a choisi le camp adverse. Ce n'est pas possible, il n'est pas con à ce point ! Je vais mettre du temps à lui pardonner !

Amazonie

Vivre me régale. J'ai pour la vie une admiration absolue. Je suis dans la pâmoison permanente. J'aime le vivant sans le comprendre et la résolution de cette énigme est ma quête la plus réjouissante, la plus absolue, mon antidote contre l'ennui. J'appartiens à la nation des heureux, conscient que la vie est un cadeau.

Lorsqu'une troupe d'anxiétés tente de m'attaquer, je m'embusque sans mitraille dans le cercle affectueux de mes amours protectrices. Mes solitudes sont mes richesses, car elles sont peuplées de ceux que j'aime et estime. De ceux qui m'aiment et m'estiment.

Mes agitations sont mes matches. Je suis contraint d'avouer aimer parfois attaquer un gougnafier cupide ou un jaloux de petit calibre. J'aime comme une tarte à la crème cette envie de filer la baffe et de faire péter la mornifle au mesquin tricheur, à l'affamé de l'arnaque, à l'enflure de grasse bêtise. Pourtant, je me prends à penser que si c'est un melonné, c'est qu'il a sûrement des raisons de l'être. Peut-être possède-t-il même quelques trésors de gentillesse et de bonté susceptibles, un jour, de se révéler. C'est certainement sur ce chemin que fait escale le pardon. En parlant de pardon, me revient une anecdote qui me donne encore envie de m'auto-tamponner, tant j'ai fait preuve de la balourdise la plus extrême.

Cela faisait déjà une semaine que je sillonnais l'Urubamba sur une longue pirogue. Au cœur de la forêt amazonienne, le temps s'écoulait doucement. Je contemplais la canopée et son concert de chants, divaguais dans mes pensées, et parfois redoutais de chuter dans un congrès de piranhas. Deux jours de navigation étaient encore nécessaires pour rejoindre un petit village où vivait la tribu Amahuaca. Des rapides un peu trop agités nous avaient fait perdre trois jours, seuls en pleine forêt. Nous nous trouvions avec un couple de commerçants trafiquants qui, une fois par saison, passait récupérer de gros ballots de poissons séchés et fumés, ainsi que des peaux de jaguar et de *tigrillo*. Des outils métalliques et des fusils de petit calibre étaient leur monnaie d'échange.

Depuis cinq jours, nous n'avions pas mangé grand-chose : un reste de farine de manioc et des petits poissons séchés au goût s'approchant d'un cuir de ballon en sauce d'égout. Mon ventre piteux gargouillait et les lieux commençaient à s'habiller dans mon esprit de lianes de saucissons et de volailles grillées. J'avais très faim et il faut savoir que cela déclenche chez moi un signal d'alarme.

La rivière s'élargit et se calme enfin, et, alors que l'orchestre forestier répète le concert du soir, nous apercevons un village. Nous nous y arrêtons. Quelques familles vivent dans cette clairière au bord du fleuve. Nous sommes accueillis par un homme en pagne de jute, coiffé d'un bol d'ébène. Sobrement, il nous salue. La femme de notre piroguier-trafiquant, de petite diplomatie mais de langue commune, réussit à créer un embryon de lien.

Celui qui s'avère être le chef du village nous propose de prendre place sur des tabourets, autour d'une table très basse. Une jeune fille nous apporte alors un énorme récipient rempli de petites bananes. Voyant quelques poules caqueter dans mon périmètre, j'ouvre pour la première fois mon bec :

« Vous ne nous vendriez pas une ou deux poules ?

— Elles sont toutes malades », finit par me traduire la femme du piroguier.

J'en reste bouche bée.

Je me rabats sur les fruits et, tel un Pantagruel à l'éducation bâclée, desserre ma mâchoire pour engloutir une première banane muscade. Cette inspiration en appelle une deuxième, puis une troisième. Et à la fin du deuxième régime, je laisse tomber définitivement ma dignité. Tel un goinfre repu, je bâille, quand soudain le chef nous invite à entrer et à nous asseoir dans sa case, où sa femme et ses enfants nous attendent. Je pose alors mon postérieur à l'extrémité d'un banc. Sous mon poids, il bascule avec fracas. Je me retrouve au sol, au milieu d'une bassine de riz blanc que je viens de renverser et de deux volailles dépecées et croustillantes.

Au moment de partir le lendemain, le chef de la tribu m'interpelle, en me raccompagnant vers la pirogue au bord du fleuve : « Tu aurais pu me dire bonjour hier quand tu es arrivé et avant de vouloir acheter mes poules tu aurais quand même pu me dire qui tu étais. » Je comprends alors que les poules n'étaient pas malades mais que mon impolitesse de Pantagruel gavé de bêtise l'avait heurté. Jamais je n'ai ressenti plus grande honte de toute mon existence. Et près de cinquante ans après, ce sentiment me hante encore.

Frérot

Ils viennent à intervalles réguliers passer des vacances dans l'antre sec et chaud de ma Provence. Ils ont la quinzaine. Leur haleine sent déjà la beuh et leur tignasse odore l'élixir patchouli. Mes ados ont le goût des « je » et celui des cop's. Ils usent et abusent du mot « frérot » et agrémentent leurs conversations de borborygmes : « Frérot, la reus de ta meuf ne plaît pas à ton daron ! »

« Frérot » se propageait déjà dans les rangs des classes de seconde quand j'enseignais au lycée, ou dans les équipes de juniors du club que j'entraînais. Ce vocable postillonné, je l'ai toujours perçu comme un élan amical authentique, masculin, juvénile. Il induit une intimité et charrie avec lui un sentiment d'appartenance. Prononcé avec éclat, « frérot » déborde de sa résonance familiale, flirte avec l'esprit de clan et donne l'allure homogène d'une tribu : « D'où que tu viennes, qui que tu sois, frérot, je t'accepte et t'accueille ! » Frérot, c'est bonnard. Ça assouplit la raideur d'un moment. Ça réenchante un instant qui tangue. Ça fertilise le terreau des relations.

« Frérot » est un diminutif. Mais il n'amoindrit en rien le concept de « frère ». Au contraire, il l'embellit. Lorsque nous sommes du même sang, la famille s'inscrit en loi naturelle et la religion en fait la structure fondamentale de l'organisation des humains. Le mot « frère » a été distillé dans les siphons de la famille biblique alors que le père Adam et la dame Ève se débrouillaient comme ils pouvaient avec les fruits de leurs entrailles, qu'ils soient Caïn le jaloux, Abel le condamnable, Seth ou la belle Azura, une servante dont personne n'a vraiment entendu parler. Il m'arrive souvent de penser que celui qui écrivit la Genèse au calme avait sûrement abusé de l'arak. En tout cas, il ignorait les dégâts de l'inceste sur les corps et les cervelles.

Les liens de sang n'ont jamais assuré la santé ni la sincérité d'une relation. Le concept de frère est dogmatisé et l'amour imposé. On voit pointer, lorsque l'on se retrouve héritiers avec le butin de nos anciens à partager en parts égales, le risque de frictions.

Mais quand les liens sont de cœur, de plein cœur, avec pour seule intention de voir pointer le bonheur chez le frère ou la frangine, alors explose le plus intègre et le plus profond sentiment d'être ensemble pour de bon.

J'assiste peu aux vêpres ou aux matines mais j'ai quand même à l'oreille la résonance du fameux « Mes bien chers frères » lancé par le curé en chaire et il a l'allure bien moins fringante que le « frérot » de mes ados. Leurs « frérots » m'égaient la mine et déclenchent sur mon visage un sourire. Voire un fou rire. Même s'il porte en lui quelques résidus de mâles sous emprise d'un machisme accroché à la rue. Autrefois, on définissait un groupe d'ados par son territoire. Toulon comptait la raille de la place d'Armes, la raille de la Basse, celle de la rue du Canon. Le clan de mes ados raconte autre chose que leur arrondissement parisien. Il marque le passage de leur famille originelle à la famille qu'ils se choisissent, leur essentiel groupe de copains.

Leurs « frérots » rythment les journées. J'entends un « Frérot, ta passe elle était pourrie ! » prononcé par mon petit-fils Ferdinand après un but raté lors d'un trois contre trois organisé dans le jardin. Quand la flemme s'étire jusqu'à la fin d'une matinée bien grasse, c'est un « Frérot, t'as pas une clope ? » que lâche mon autre petit-fils, Paco. Il y a les « Frérot, t'es chaud ? Ça sort ce soir ! » et les « Frérot, Julia elle est trop piquée, c'est abusé ».

Les jeunes filles se hèlent différemment. Elles s'apostrophent par un câlin « sœurette », « reus » ou bien souvent par un « belle », un « meuf » ou un « ma sœur ». Elles peuvent tout autant s'alanguir au bord du bassin ou dans la salle de bains que puiser aux sources des livres ou s'épuiser sur les terrains de jeu ou de sport, leur essoufflement étant la preuve d'un dépassement de soi. Le clan des nanas est charmant et réconfortant. Je les entends souvent dire des choses bien ordinaires, rarement sottes. Au détour d'un couloir, on apprend qu'une autre meuf « a pécho Noam » et qu'apparemment ça la rend « ouf ».

La fraternité, sa déclinaison féminine, appartient à l'humanité. J'ose croire que tout être humain possède potentiellement des traits de solidarité dans son patrimoine génétique. Ma fraternité se matérialise la plupart du temps par un accueil chaleureux, de l'eau fraîche et du pain croustillant. Pendant quelques jours, tu es chez moi chez toi. Je ne m'interroge pas, j'ouvre porte et bras. Mais au-delà de quelques jours, c'est de l'aumône ! Même en amitié, il m'appartient de choisir la chaleur de l'hospitalité, son confort et sa durée.

La fraternité, je l'ai perçue aux quatre coins du monde et appréciée au plus profond de moi. Dans les bidonvilles de Kampala, sur les hauteurs de la Cordillère à Cochabamba, dans l'oasis de Figuig, chez les Bakhtiaris en Perse et bien sûr dans les forêts du Fouta-Djalon en Guinée. Il ne suffit pas d'être d'un même lieu, mais bien d'être né sur la même terre pour l'éprouver. Alors, nous sommes tous frères. La fraternité sous-tend l'égalité. C'est d'ailleurs la raison pour laquelle j'ai toujours tutoyé. Au bout du monde, même sous les latitudes les plus reculées, je nous mets sur un pied d'égalité.

Équipe ou équipage

Je suis percuté, toujours et entièrement, par une émotion pure devant ceux qui réalisent l'impossible. Et j'ai, pour le marin solitaire, une obsédante admiration. Qu'il décroche la timbale du Vendée Globe ou finisse le grand tour Jules-Verne à la dernière place, qu'importe. À celui qui, les jours de tempête, pisse crânement debout à la proue du bateau, passe ses nuits et ses journées sur son rafiot d'amour ou perché en haut d'un mât branlant dans les quarantièmes rugissants, à tous les « matcheurs » du large, visiteurs des grands caps et rivaux des vagues scélérates, respect !

À mes frères piliers du Tournoi des Six Nations, friands de mêlées et de tas en feu, j'affirme que les matches contre les anthropophages Springboks sont de la gnognotte à côté de ceux des seigneurs fêlés, amoureux de haute mer et de liberté. À mes cousins footballeurs, joueurs aux beaux pieds, j'affirme que vos efforts, y compris ceux du jeu de tête haute, sont peu en comparaison des marins en solitaire qui ne doivent jamais fermer les yeux en mer. À mes lointains ancêtres golfeurs, professionnels des putts, j'ose dire que l'œuvre d'art qu'est un grand swing n'est que faribole face aux épreuves endurées par les barreurs lorsqu'ils croisent le cap Horn ou le détroit de Tasmanie.

Mais voilà, je le clame à tous, y compris aux pachas : au-delà des exploits personnels, c'est la vie en équipage qui génère chez moi l'émerveillement le plus profond. Si le ciel gronde et la vague enfle, légère d'allure et d'unité, cette troupe qui brêle, noue les cordes sur le pont et tresse d'invisibles liens met alors l'oreille en commun. Et la troupe donne naissance à l'estimé et estimable équipage. Mais ce n'est pas parce que tu en rêves que l'équipage devient une réalité.

L'équipe, elle, est une entité à l'intérieur de laquelle les modes de relation sont sûrement amicaux mais souvent superficiels. Le respect et l'écoute constituent les indiscutables ciments. Prompts à vouloir durer, ils peuvent néanmoins aisément s'effriter.

L'équipe, dans laquelle peuvent entrer tous les gens de bonne volonté, se définit comme l'enfant frivole et immature de cette colossale institution qu'est l'équipage, organisation exceptionnelle, saturée de force et d'estime dans tous les liens, qui s'oppose au danger. La fidélité y est sacralisée, le sens du sacrifice constamment activé. C'est la structure humaine la plus apte à partir à l'abordage et la plus allergique au raid solitaire. Alors que le mot équipe parle des bateaux et des capitaines, l'équipage conte la mer immense et les redoutables tempêtes.

À noter : un équipage n'est pas une addition de marins. De belles fleurs dans un vase ne formeront pas nécessairement un beau bouquet. Ce n'est pas non plus de l'accumulation de grands solistes que jaillira la sève d'un orchestre. Le souffle créateur d'union, gonflé par les intimes vertus du partage, ne court pas sur tous les ponts des bateaux, ni dans tous les vestiaires des stades. Il est le baume d'un dieu qui déserta l'Olympe il y a bien des lunes !

Dans le champ du sportif, la balle est une navette apte à tisser un assemblage d'humains. Imagine un grand troisième ligne au rugby ou un excellent ailier footeux pourvus tous deux d'autant de neurones que de muscles, chargeant dans un match au couteau ! Au rythme fou de l'abordage, leurs partenaires s'enfoncent alors dans une vague agressive, suscitant les clameurs de la foule. Un galop d'enthousiasme s'empare des frérots. Un halo éclatant court-circuite l'air du stade. Imagine une athlète, peut-être victime de passions contraires qui divisent son groupe, inscrivant au tableau de ses lèvres : « Dans l'assaut de ce jour, si une fois vous pensez que j'ai fait quelque chose qui ne soit pas au service du groupe, alors reniez-moi à tout jamais ! »

Au cœur de nos sports collectifs, l'esprit d'équipe est le digne héritier de l'esprit qui anime l'équipage d'un navire. Les traits de vie qui engendrent l'union et la cohésion s'y expriment avec clarté et s'expérimentent avec récurrence. Sans prononcer un mot, en te regardant simplement dans les yeux, je peux te dire : « Quand je suis là, tu n'es jamais seul(e). »

Voilà mon credo, mon goût constitutif, ma danse des idées la plus enivrante. Les équipées et les équipages naissent dans les situations rares et ponctuelles de dangerosité maximale. Elles sont le fruit d'une situation saturée de sincérité, avec des êtres capables de faire abstraction de soi pour donner aux autres. Cette potentialité-là est donnée en cadeau à tous les membres de notre espèce. Elle loge, souvent discrètement, à l'intérieur de chaque humain. Simplement, chez certains, elle roupille fermement. Un joueur utile est humble et serviteur, il œuvre au bonheur des partenaires jusqu'à en faire sa loi de vie. Auprès de lui, on se sent bien.

J'ai toujours aimé celles et ceux qui, en meute ou en famille, en couple ou en batterie, en cordée d'orgueilleux ou en palanquée d'essoufflés, trouvent le chemin de l'harmonie en prenant part à la vie de tous. Pourtant, il ne fait aucun doute que la vague heureuse des solitudes frissonne chez toutes les femmes et tous les hommes. On peut aimer le monde entier ou simplement quelques individus et s'en reposer de temps en temps. Histoire de déguster, à distance, le bonheur des vivants. Une chose est sûre : tu as l'obligation, sinon le devoir, d'être heureux. C'est la meilleure hypothèse pour que la société dans laquelle tu vis le soit.

Scylla

Aimez-vous la nature ? À cette question, l'ensemble de mes congénères, qu'ils soient des villes ou des champs, acquiescent, applaudissent, lèvent la main ou bien le menton. Certains, voire presque tous, précisent qu'ils sont touchés au cœur devant le cadeau imprévu d'un bouquet de fleurs. D'autres binent leur potager, partent en Amazonie grâce aux géraniums de leur balconnet. Des combattants cramés de *Koh-Lanta* à nos académiciens confits dans leurs bibliothèques, les humains aiment la nature et ses éléments. Ils l'aiment un peu, beaucoup, mais jamais pas du tout.

La nature est dans mon sang et mes gènes. Elle m'échauffe les narines et aiguise mon désir d'observation. À toutes les sauces, elle a bon goût. J'ai tant d'affection pour elle. Tant à lui donner. Elle ne m'a pourtant pas été servie sur un plateau dès le berceau. Enfant, j'ai longtemps côtoyé le pavé de ma rue et quand, enfin, je fus grand j'eus pour unique verdure l'herbe de mon stade de rugby. Mes arbres du dimanche n'avaient pas de feuilles et leurs deux uniques branches étaient fort maigres ! Par bonheur, il restait la garrigue à l'aube opalescente de mon papet, ce lieu où l'air semblait danser.

J'ai dû attendre l'âge de raison pour apprécier le gazouillis d'un torrent dans une forêt de sapins. Et attendre bien plus encore... Le chant des aras aux becs déployés qui résonne dans la forêt amazonienne et enfle jusqu'au vacarme. Les heures de marche dans un désert de cailloux de fronde en Palestine, dans l'attente toujours reportée du moment de répit, du repos tant désiré. Et puis, il y a mon bord de mer toulonnais et ses criques-joyaux, source de mes plus fortes émotions.

La nature, dans bien peu de lieux sur terre, on la retrouve dans son état premier. Là où elle vit selon ses lois. Néanmoins, où que tu ailles, qui que tu sois, respecte-la ! Car si tu déconnes avec elle, tu peux avoir rendez-vous avec le diable. J'en fis les frais il y a quelques étés, alors que je m'aventurais sur les traces d'Ulysse.

Il y a trois mille ans, Ulysse laissa son cheval à Troie pour voguer sur un navire à l'équipage rustaud et aux mœurs simples. Finie la guerre, cap sur Ithaque ! La côte amalfitaine est si délicatement découpée qu'on devine aisément le rôle des dieux inspirés et ciseleurs. Si j'en crois Homère, au meilleur de sa forme dans son *Odyssée*, Ulysse serait passé par là, tête à la ruse, corps à l'ouvrage, croisant les colères divines de la nature. Il cumula sur ces eaux et le long de ces côtes les plus excitantes et explosives situations. Il côtoya la mort à chaque escale et joua sa peau pendant dix ans. Et c'est dans la plus ultime des solitudes qu'Ulysse arriva à ses fins et donc à bon port, son Ithaque.

Notre barque transporte une demi-équipe de sportifs de jeux de cartes, décents du bedon, authentiquement amoureux de la mer. Le périple d'Ulysse excite nos vieux goûts d'aventure, nos appétits de poissons marinés à l'anisette, nos repos au soleil de midi à minuit sur les transats du pont.

Les étapes du voyage d'Ulysse sont à peu près répertoriées. La mer et ses côtes semblent être toujours à la même place. Pourquoi ne pas s'y aventurer ? Séduits par l'idée d'une totale découverte et, en conséquence, d'une absolue incertitude, nous partons contempler et savourer les lieux. Se frotter à ce monde-là, sûrement pas ! Philosopher sur le courage des mâles comme Ulysse, et sur les désespérantes attentes des femmes comme Pénélope, à petites doses, pourquoi pas ! Et aller voir ? Oui !

Nous quittons Naples. L'onde est si bleue que la contemplation des flots assomme mes paupières. Mettre le cap au sud, c'est serpenter au milieu des îles volcaniques sans que le dieu Éole hurle à la tempête. C'est beau ! Sur la mer, chaque coucher de soleil semble plus éblouissant que le précédent.

Notre curiosité est pincée par l'idée qu'on ne rencontrera ni Ulysse ni le Cyclope mais que Son Excellence Nature pourrait bien nous réserver de divines surprises.

Ici, chaque baie, chaque anse, crique ou calanque, accueille des centaines de bateaux de plaisance. Mais ce soir, dans la baie de Scylla, sous l'immense roche assombrie de brûlure, pas une seule embarcation ! Bizarre... À l'entrée du détroit de Messine, le rocher de Scylla sera notre paravent.

Notre bateau jette l'ancre. La mer d'huile brille d'obscures couleurs métallisées. La nuit s'impose dans une tiédeur estivale. Mes amis picolent du spritz et moi je décide d'aller me baigner. D'un simple clin d'œil, je préviens ma compagne qui siffle son apéro. Il est 22 heures.

Seul sous la lune, masque et tuba en décoration de citrouille, je me mets à l'eau tout en délicatesse. Sans l'ombre d'un postillon d'écume. La gentillesse de la température de l'eau accentue ma sidérale sensation de liberté. À cet instant, je fais de la nature mon alliée.

Je dois bien avoir une cinquantaine de mètres d'eau sous mes pieds... En aurais-je mille que cette splendide solitude ne me serait pas plus lourde à porter. J'entreprends une centaine d'amples et délicieuses brassées. À chaque inspiration, c'est tout l'air de ce ciel étoilé qui emplit les vestibules de ma carcasse.

Je m'arrête de nager, sors la tête de l'eau, à peine essoufflé. La nuit semble avoir pris de l'épaisseur. Je ne vois rien, absolument rien, autour de moi. Ah si, là-bas, très loin, j'aperçois les lumières de mon bateau. J'ai dû nager vite ! C'est bien, mais je suis drôlement loin... Je repositionne mon masque et enfourne le tuba dans ma bouche pour revenir.

J'accélère ma nage. Par habitude, je compte. 97, 98, 99, 100. Je ressors la tête de l'eau, mais vois à peine les lumières du bateau. J'ai l'impression qu'elles se sont éloignées. La masse lugubre du rocher de Scylla refuse à la lune de la réverbérer. Les lumières du bateau où chantent mes amis sont en veilleuse. Il ne reste qu'un maigre éclat sur l'horizon. Ça se gâte... Je respire plutôt bien. Même si je ressens une légère oppression dans la poitrine. Mon train inférieur est un tantinet attiré vers le fond. Rien de grave. Je me sens juste un peu seul. Un peu loin. Un peu pas bien.

Je décide de nager en brasse. Je ne quitte pas des yeux ma destination. Quelques minutes s'écoulent et je me rends compte que je n'avance pas. Pis, je recule ! L'eau est à bonne température. Ma forme est correcte. Pas de panique. Je suis loin d'avoir devant mes yeux un tunnel noir avec une lueur chaude et éblouissante au bout. Je ne ressens pas non plus l'air frais d'une faucille au-dessus de ma tignasse sans bandeau. Je comprends néanmoins que l'affaire est assez mal engagée. Et je ne trouve pas l'instant très sympathique. J'en cause à la mer, je l'engueule même, au risque qu'elle se vexe et m'emporte dans les ombres du grand fond.

J'estime le bateau à une distance supérieure à un terrain de rugby, ma jauge infaillible. Je ne distingue rien. Nuit anthracite. Mer ténébreuse. Alors je me mets à hurler, comme je n'ai jamais fait de ma vie. Je hurle à m'en faire péter la jugulaire. Le robinet de ma gaillardise est sur la réserve. Il me reste de quoi pédaler dans l'eau, sortir ma tête et mes bras, porter mes doigts à la bouche et siffler à fendre la nuit, pour appeler Pierrot ou Jeannot, capitaine du bateau.

Silence total. Ces quelques secondes me paraissent interminables. Et puis un tremblement de mer. Un cri. « Danieeeeeeeeeeel, on arrive ! » En sifflant ou en vociférant, je réussis à guider le bien nommé canot de sauvetage jusqu'à moi. Dix minutes d'éternité.

Dans un dernier effort de survie, je me hisse comme un tas las et lourd, penaud, chutant dans le canot. Et alors que je baisais les mains du capitaine, il me revint l'aventure oubliée d'Ulysse en ces lieux. Les courants de Scylla entraînèrent ses hommes vers les tourbillons de Charybde. Tous périrent.

Apachie Land

9 juillet 1993, Arizona. Le soleil bascule derrière la dernière colline de la réserve apache des White Mountains et projette dans le ciel des volutes d'ocre chaud accompagnant les rougeurs maîtresses. Quelques nuages absorbent délicatement la danse des couleurs. Depuis quelques jours, nous sommes accueillis par Diana qui dodeline dans sa longue robe vert et caramel, enveloppant ses formes pleines d'élégance. Ma dulcinée Janie et moi sommes invités à la cérémonie d'adieu d'un vieux chamane que la médecine moderne ne peut plus guérir.

Sage porteur de la culture orale apache millénaire, le chamane a chéri la terre sacrée et a dédié sa vie à guider les hommes. Sa tribu, les Chiricahuas, ne le laissera pas quitter ce monde sans l'accompagner avec tout le respect qu'elle souhaite lui témoigner. Ce soir, marquera l'ultime adieu.

Il est l'heure de partir vers le Holly Ground, un lieu de culte situé dans une grande clairière au milieu d'une forêt de sapins. À la nuit tombée s'y tiendra la cérémonie.

Pour y accéder, la route est assez longue, donnant à cette réserve d'« Apachie Land » une soudaine dimension d'immensité.

Ils sont venus très nombreux chanter en chœur, danser ensemble et prier. Prier pour que l'homme-médecine retrouve quelques forces, pour que le mal tapi au fond des humeurs de son corps s'extirpe, pour que le Grand Esprit, loué et appelé par la tribu, prolonge un peu la vie de cet être d'exception avant de l'accueillir.

Un grand cercle sacré est formé par de petites pierres blanches. Un vent léger venu des collines serpente au pied des arbres, soulevant parfois les longues nattes ébène des vieilles dames au visage sculpté par des chemins de rides profondes. Sur les bancs de bois alignés à l'extérieur du grand cercle, les hommes voûtés, coiffés d'un chapeau de cow-boy, commencent à fredonner, en de très doux lamentos, les chants qui vont résonner toute la nuit jusqu'à l'aurore.

Lentement, la colonne de fidèles entreprend sa route dans le labyrinthe délimité par les cailloux pour s'approcher du malade en fin de vie. Les femmes très petites, souvent dodues, et les jeunes filles se tiennent par les mains, formant une chaîne d'union. Têtes baissées, elles se mettent à frémir. Par de rapides petites flexions des genoux, elles avancent en rythme, mocassins aux pieds pour que légère soit la danse.

Vêtus de blanc, pantalons et chemises à manches longues, nous pénétrons à notre tour dans l'atmosphère de la foi et les hauteurs du sacré. Les tambours à eau résonnent de leur ton sourd. Que vibrent les corps ! Venus des gorges serrées ou surgis des entrailles, les prières et les lamentos délivrent un message d'amour limpide. Un au revoir authentique.

L'homme à la souffrance définitive mais surmontée, soutenu par deux jeunes filles, grâces solidaires ou vestales apaches, se tient au centre du grand Cercle, telle une statue de cuivre. Invité par mon hôte, la prêtresse Diana, à me joindre à la colonne, je rentre à mon tour dans la danse. Dès le cercle franchi, je reçois sur mes cheveux et mon front une poignée de pollen.

Est-ce ça qui va me propulser dans la transe pour plusieurs heures ? Car oui, nous danserons, danserons, danserons sans varier nos petits pas serrés, encore et encore. Nous passerons plusieurs fois devant le vieux chamane.

Quelques secondes d'arrêt et l'on repart. Corps en communion, entraînés dans des vibrations primitives, où l'allure générale et la couleur de peau n'ont aucune importance. Apaches nous avions envie d'être. Apaches nous étions devenus.

Au petit matin, l'épuisement s'est installé dans nos genoux et dans la courbure de nos épaules. Nous nous sommes alors évaporés vers nos chaumières de l'autre côté de la forêt.

Trois jours plus tard, le jeune fils de Diana, lui aussi sur le long chemin des initiés, nous apprit que le monsieur de Cuivre était parti rejoindre ce Manitou qu'ils qualifient tous de Grand.

La mort heureuse

Les espaces de verdure du cimetière d'Ivry offrent une halte salutaire à beaucoup d'oiseaux de la région et aux promeneurs aimant les chemins jonchés de feuilles. Dans ses allées, des centaines de communards sommairement exécutés en 1871 par des Versaillais s'y reposent et des résistants français et étrangers y causent encore pour qui sait les entendre.

Le cimetière d'Ivry est la dernière demeure de tant de vaillants citoyens ! Ceux de la fameuse Affiche rouge de 1944 pour qui je ressens une tendresse éternelle. Au temps où flottait dans les consciences juvéniles la taraudante question « Aurais-je été résistant en 1943 ou 1944 ? » ou, plus tord-boyaux encore, « … en 1941, quand tellement peu l'étaient ? », il me revenait en tête leur visage. Je repense à ces courageux morts pour que je puisse vivre avec le sourire. Je leur dois d'infinis remerciements. Dans *Strophes pour se souvenir*, Aragon écrivait : « Ils étaient vingt et trois quand les fusils fleurirent », « Bonheur à tous, bonheur à ceux qui vont survivre ».

Deux hommes, héros de mon panthéon, sont également inhumés ici : les résistants Manouchian et Celestino Alfonso.

Ici reposent des esprits révoltés, des rebelles assassinés, des patriotes sacrificiels, des partisans, des maquisards et les 127 condamnés à mort guillotinés par l'État français jusqu'en 1972.

Les oiseaux piaillent et sifflotent au cimetière d'Ivry. Et mon ami Oscar Castro vient d'y élire domicile car le Covid l'a mis K.-O. Covid, tu nous gonfles encore plus que tu ne le supposes. Tu as divisé nos familles, abîmé le ciboulot de nos ados et activé ta grande faucille dans nos Ehpad. Et puis, tu t'es attaqué à Oscar… le porter en terre fut lourd, si lourd…

En l'attendant sur l'esplanade du cimetière, juste au début du carré des suppliciés plantés là en fosse commune, on s'est mis à pleurer. Nous étions vingt et cent, nous étions des milliers, de Santiago du Chili à la rue Christophe-Colomb d'Ivry, là où siège le Théâtre Aleph d'Oscar Castro.

Du bout de l'avenue, les chants ont fleuri à mesure que la musique montait. Sur l'esplanade de la nécropole, un char magnifique, aux allures de théâtre de Barraca de Garcia Lorca, s'est immobilisé. Sur son plateau, la bière d'Oscar croulait sous les roses rouges. Il avait traversé la ville et sa famille nombreuse l'a accompagné en souriant, en chantant, en dansant. Les femmes ne pleuraient pas, les hommes n'étaient pas sombres. Comme si le désespoir ne pouvait altérer l'âme des vivants qui suivaient le cercueil d'Oscar. C'était joli. Ça débordait de fraternité.

Puis, dans ce sacré cimetière, nous avons remonté deux siècles d'Histoire, de rébellions. Nous cheminions entre les tombes d'Olga Bancic et d'Artur London.

Oscar en proue, la foule est arrivée au fond du stade, sans aucun poteau mais avec un chapiteau où notre ami nous a offert sa dernière fête. Habitée d'amour, sa rayonnante compagne dansa comme à l'Opéra et ses enfants clamèrent les beautés de la vie. Les reliefs de la sienne.

Oscar Castro était chilien. Homme de vocation théâtrale, il avait fondé à Santiago une jolie troupe du nom d'Aleph qui déplut au général dictateur Pinochet. Ce dernier le fit déporter à Ritoque, un camp de concentration proche des bords de mer idylliques de Valparaiso. La maman d'Oscar y fut assassinée. Lui parvint à quitter le Chili pour arriver sur notre terre de France. Chaleureusement accueilli à Ivry, il y créa le Théâtre Aleph de France.

Trente ans durant, il donna une voix et une parole aux idées de liberté du monde entier. Toutes les créations naissaient du ventre des peuples. Dans son théâtre, tout se jouait. Des drames, des comédies...

Les hommes politiques proches des oubliés lui tressèrent couronnes et lauriers. À chaque chant, ses amis levaient le poing et, dans un mystérieux silence, applaudissaient à toutes les danses. Le temps arrosait ce lieu de remerciements, de compliments, de larmettes dignes et de mouchures nobles.

Oscar fut délicatement déposé en terre. Nous étions désormais convaincus qu'il n'y aurait pas froid. Peut-être serait-il même capable, comme il le fit de façon admirable et courageuse dans le camp de la mort de Ritoque, d'organiser des spectacles avec ses voisins de l'allée.

Avec une rose, je lui fis une passe de rugbyman. Elle se posa sur lui au fond du caveau.

Les beaux instants

Sur le fouillis de mon bureau s'entasse, comme dans une assemblée consultative, la centaine de mes carnets de voyages. Grands recouverts de cuir, petits trapus serrés par un lacet, plus fins élégamment vêtus de soie. À l'intérieur s'accumulent, captées sur le vif en traits et couleurs variés, les joies, les senteurs et les émotions éprouvées aux quatre coins du monde des vivants.

Dans le tamis de mes souvenirs, je garde en abondance les beaux instants. Ces instants habités de belles personnes. Je ne savais rien de leur bonté au premier abord, mais j'ai immédiatement été convaincu par leur capacité à produire de la beauté. Comme si les premiers échanges vécus aux tout premiers moments lors de l'accueil étaient les plus authentiques, les plus révélateurs.

En voici quelques-uns que rien ne prédisposait à devenir mémorables, et qui remplissent pourtant les pages blanches de mes carnets. Mis au chaud durablement, simplement parce qu'ils étaient, à mes yeux tout au moins, une invitation à explorer la beauté.

Bolivie, Cochabamba.

La longue file d'attente de la salle des urgences de l'hôpital de Cochabamba est composée exclusivement d'*Indios* et de *Cholitas* de taille lilliputienne. Avec mon 1,85 mètre de petit sauteur de fond de touche, j'ai l'impression d'être Gulliver. Les femmes portent des chapeaux et des jupes à volants colorées, les hommes, des habits sombres et peu soignés. De quoi souffrent-ils ? Impossible de le deviner. Les malades sont si patients qu'ils laissent penser que rien de bien grave ne les touche. Personne ne geint, personne ne couine, aucune lèvre n'est pincée. Même cet enfant, la tête ensevelie sous des bandages, ne manifeste aucun signe d'exaspération.

Victime d'un panaris au pouce, avec front brûlant et ganglions aux aisselles, je ne me plains pas vraiment mais je suis agité et j'ai le souffle bruyant. J'envisage déjà, presque discrètement, l'amputation de l'avant-bras, voire du coude. Alors que je suis confit dans mes anxiétés à deux balles, eux jouent au roi du silence, ce grand maître des maux. Malgré leur souffrance, mes compagnons d'infortune sont d'une parfaite dignité. Je les trouve beaux.

L'infirmier m'a prescrit des « tablettes » d'antibiotiques mais la vieille dame indienne qui m'héberge me déconseille formellement de les prendre. Elle contacte son chamane de famille qui a le talent d'éloigner les malédictions. Ce dernier officie dans les quartiers populaires, sur les hauteurs de Cochabamba.

Le chamane arrive dans la soirée, une bouteille d'eau-de-vie dans chaque œil et le goulot de la troisième à la bouche. Il jette sur le sol terreux de la cour une rasade d'alcool qu'il enflamme immédiatement. Il répète cette manœuvre trois ou quatre fois. En mobilisant le peu de concentration qu'il lui reste, il s'applique à lire les signaux dans la configuration des taches de feu. Dans une splendide élocution propre aux joyeux éméchés, il murmure en langue aymara : « Ce soir, avant de te coucher, tu frotteras un éclat de verre sur les ganglions de tes aisselles ! Tu feras pareil demain matin... et tu pourras voyager tranquillement vers le lac Titicaca. Guéri et protégé. » Avant de repartir en titubant, rôti mais en beauté.

Le lendemain, après m'être consciencieusement gratté l'aisselle droite avec un morceau de verre que mon hôte avait cassé pour moi, je mangeai d'un bon appétit, portai mon gros sac et je courus même vers la gare routière où un camionneur me proposa de faire le trajet avec lui.

Je me suis ensuite endormi, rincé, sur le plateau à ridelles de son camion chargé de sacs de patates avec, me semble-t-il, les Indiens croisés dans la file d'attente de l'hôpital. J'avais oublié mon panaris qui, d'ailleurs, n'était plus.

Chacun des acteurs de cette aventure médicinale bolivienne siège dans mon musée des jolies bouilles.

BURKINA FASO, PAYS LOBI.

Je me promène de village en village à la rencontre de différentes ethnies de la zone sud du Burkina Faso. Je reste deux jours à Gaoua, dont les cases de banco, faites de boue et de paille, sont décorées de motifs géométriques. C'est sa particularité. Je découvre la tombe du grand chef récemment décédé. Il était le dernier chasseur d'éléphant et avait fait la « guerre blanche » de 1939-1945. L'une de ses nombreuses femmes m'invite alors chez elle. Cette dame a la peau tannée, ses joues sont creusées de sillons et ses yeux ressemblent à des pépites de tanzanite, pierres de couleur bleu profond. Elle est la plus âgée des vingt-huit épouses du grand chef.

Un rayon de lumière pénètre à l'intérieur de la case par l'unique porte entrouverte et vient zébrer le mur d'en face. Soutenu sur toute sa hauteur par deux troncs d'arbre secs, ce mur est tapissé du sol au plafond de cruches d'argile habilement empilées appelées canaris. On ne trouve rien d'autre que cette œuvre d'art aux lignes pures, ce tableau d'argile cuite et ventrue. La centaine de poteries scarifiées, de tailles égales, atteste la position de favorite qu'occupe cette femme.

Silencieusement, elle s'avance vers le mur et déboîte délicatement un canari qu'elle choisit de m'offrir en précisant : « Je l'ai pris juste au-dessus de celui qui contient tous mes secrets. Peut-être en a-t-il entendu ou absorbé quelques-uns... » Le canari de tous ses secrets, cette sculpture d'argile noircie, regorgeait de trésors : bijoux de lignée, cadeaux d'un amour caché, mèches de cheveux d'un bébé défunt, sachet de farine pour un plus grand voyage, pointe d'ivoire d'une éléphante abattue... Elle seule sait quels reliefs de sa vie se trouvent dans son ventre. Celui qu'elle vient de m'offrir, puisqu'il y est accouplé, contient certainement quelques mots, des parfums, des secrets dont le chasseur polygame n'eut jamais vent. Et c'est tant mieux.

Désert, Sahara.

Personne ne connaît vraiment le désert. Ni le Christ qui y resta plus de quarante jours avec Satan, ce compagnon pugnace, ni le grand spécialiste Théodore Monod qui l'arpenta un siècle. J'ai déjà fait une vingtaine de voyages au Sahara. Je sais que l'eau y est rare, les températures élevées en journée, régulièrement froides les nuits.

Le désert séduit par son immensité, par la puissance de ses silences. Les sables chauds et les sculptures dunaires invitent à la contemplation. Le dromadaire, ce simple bossu, possède une allure assez peu stylée et ne brille ni par le goût ni par l'esprit. Pourtant, lorsque passe une équipe de dromadaires en caravane dans le soleil couchant, le massif dunaire devient une œuvre d'art. La courbe d'une barkhane sculptée par la bouche coléreuse d'Éole peut être d'une pureté à faire pâlir Léonard de Vinci. Ici, on pense, on lit, on réfléchit. Et on marche beaucoup aussi. On marche parfois très longtemps, rien que pour le plaisir démesuré de pouvoir s'arrêter. Après les mirages, le paysage fixe devient alors éblouissant. C'est donc au moment du bivouac que la contemplation commence vraiment.

La dune coule et fuit sous le piquet de tente, le toit de toile se gonfle telle une voile capricieuse sous l'effet d'un zéphyr facétieux. Les bossus enfin libérés par le chamelier se ruent sur les branches épineuses de quelques maigres acacias. Je barbouille alors un de mes carnets.

La nuit convoque le ciel étoilé comme nulle part ailleurs. La Voie lactée est peinte à la chaux. Les Ourses et les Chariots restent une énigme, la constellation d'Orion me félicite lorsque je parviens à l'identifier. Je reconnais facilement l'Étoile du Berger. Le ciel est mon partenaire des nuits dans le désert. Perché à mi-dune, j'observe. Le silence de cet espace infini ne m'effraie pas, il m'éblouit !

J'ai tant d'amis experts en jeux de mots, pourtant aucun de mes frérots ne saurait me toucher autant que ce silence.

Deir ez-Zor

L'Euphrate coule en Syrie sans faire trop de vagues. Son voisin et grand frère, le Tigre, parcourt l'Irak en le rafraîchissant sur plus de 1 500 kilomètres. Tous deux encerclent et nourrissent la Mésopotamie, ce fameux croissant fertile où – pour certains – tout naquit. Ici, on inventa l'écriture et l'agriculture, les échanges culturels et le commerce chez les nomades. Ici germa très tôt, chez ceux qu'on appellera bien plus tard les sédentaires, l'instinct de propriété, avec comme conséquence la naissance des frontières à défendre.

Alep, Syrie. Ma France y a laissé un vieux reliquat de culture. On y trouve également les meilleurs narguilés d'Orient que l'on fume au pied de la citadelle de Saladin.

Dans cette ville emblématique, tout est conforme à mes désirs de découverte. Les quatorze kilomètres de souk sont mon stade, ma bibliothèque et mon caravansérail. Avec mon sac à dos plein à ras bord de ces typiques gros cubes de savon vert d'Alep, j'ai de quoi nettoyer mes aisselles pendant près d'un siècle.

Je choisis de me rendre ensuite à Palmyre. Sur la route depuis la ville d'Alep, nous cheminons sur plusieurs centaines de kilomètres dans la pierraille et la poussière, n'apercevant aucun fétu de broussaille, ni même un oiselet en pèlerinage sur un courant d'air.

Je n'ai pas d'amis dans le désert syrien, quasiment rayé de la carte des vivants, et aucun joueur de rugby potentiel ne s'y entraîne. Il est même tristement probable qu'on ne connaisse pas en ces lieux la forme ovale de mon ballon. C'est pour dire !

En longeant l'Euphrate aux berges lasses, nous apercevons une bâtisse en agglos mal ajustés, puis une ou deux autres, dont les toits laisseraient passer la pluie s'il y en tombait. Comment je me suis retrouvé à Deir ez-Zor ? D'après Walid, le guide, c'est un passage obligé pour nous rendre à Palmyre.

Autour de nous, tout n'est que grisaille, bâtisses en chantier, rues désertes, commerces fermés ou à peine entrouverts. Quelques corneilles anorexiques bâillent comme de grosses gourdes. Très poreux à cette atmosphère pesante, je ne me sens pas très bien. Ma gorge est sèche. Je respire mal, comme si une onde de choc difforme oppressait ma poitrine. Pourtant, nous sommes en plaine ! L'athlète que je fus halète à Deir ez-Zor. Je me sens rarement crevé, et pourtant ici c'est bien le cas. Walid met alors la fébrilité de mon état sur le compte de la déshydratation, ignorant que je m'étais enfilé quelques gorgeons d'eau auparavant. C'est au tour de ma compagne d'être atteinte des mêmes symptômes.

Il est 16 heures sous quarante-cinq degrés. Les maisons de pierre crépies d'un blanc sale gémissent sous un soleil à fondre le plomb. La ville semble déserte, abandonnée par les vivants. Pas un seul gus en balade, pas un enfant, pas un moucharabieh ouvert pouvant laisser supposer qu'à l'intérieur un regard observe. Qu'est-ce que je fous là ?

Notre hébergement se situe en dehors de la ville, derrière une décharge, au beau milieu des cabanes d'un chantier qui n'a jamais dû se terminer. La galette de pita que j'ai mangée hier soir me turlupine l'estomac. Nous n'avons encore rien vu, rien grignoté, rien visité… Mais tant pis, c'est trop glauque, ne restons pas là !

Nous repartons alors en ville. Au bord de l'Euphrate, un immense bâtiment maigre, de quinze étages, ressemble à un hôtel. Nous entrons. Il n'y a pas un chat à l'exception du réceptionniste qui nous remet une clef de chambre à la volée. Nous sommes seuls, à Deir ez-Zor, dans le désert syrien.

Le lendemain matin, au petit déjeuner dans un boui-boui de la ville, un café « turc » accompagne nos galettes chaudes de blé, une coupelle de houmous et de l'huile d'olive. C'est alors que Walid nous raconte qu'en avril 1915 eut lieu en Turquie un génocide. Des dizaines de milliers de chrétiens arméniens furent massacrés par les Turcs à Istanbul. Des centaines de milliers d'autres furent déportés, dont beaucoup de femmes et d'enfants. Ils sont morts de faim, de tortures et d'abandon dans le plus grand camp au fin fond du désert de Syrie… à Deir ez-Zor ! Dans les champs des grandes plaines arides, les laboureurs dégagent encore des os de squelettes humains.

Le génocide arménien a fait plus d'un million de morts. Et Walid a pensé qu'il serait bien de venir à Deir ez-Zor. En arrivant ici hier après-midi, je ne savais rien de ce terrible épisode et je comprends mieux maintenant pourquoi j'avais si mal. Aujourd'hui, cette douleur exprime ma solidarité compassionnelle. L'horreur flotte encore dans l'atmosphère de Deir ez-Zor. La terre écœurée geint toujours. La mort a inséminé l'air pour des milliers de nuits. Comme à Auschwitz, Phnom Penh ou Kigali…

Vipère cornue

Immense, le Sahara s'est implanté il y a dix mille ans, lorsque les hautes températures commençaient à fatiguer la végétation. Dans cette grande casquette au nord du continent africain, les forêts enfouies et fossilisées ont vu arriver les puits pétrolifères qui étanchent désormais la soif de ma Twingo.

J'avais déjà promené mes Birkenstock çà et là dans ce gigantesque désert, depuis les confins frisquets de l'Atlantique jusqu'aux terres brûlantes près de la mer Rouge. À peu près partout dans le Sahara le fond de l'air est tiède et l'eau bien plus rare que la bière.

En revanche, je n'avais jamais visité le Tchad et la zone du Borkou où, coincés entre les massifs du Tibesti et ceux de l'Ennedi, se trouvent les territoires les plus arides et les plus chauds de la planète. C'est à Faya-Largeau, chef-lieu de cette région du Tchad, que le colonel Leclerc constitua, en 1941, la première poignée de soldats d'une armée française libre. Non loin de là, en Libye, il gagna la bataille de Koufra, et prononça le fameux serment : « Nous ne nous arrêterons plus tant que le drapeau français ne flottera pas sur la cathédrale de Strasbourg. » Cela lui valut le grade de général décerné par de Gaulle. Trois ans plus tard, le 19 août 1944, il entra par la porte d'Orléans dans un Paris enfin libéré. Faya-Largeau fut le point de départ de la libération de mon pays, la France. Je devais absolument m'y rendre !

Mon vieux sac à dos est prêt et mes souliers trépignent. Agités par les soubresauts de la bougeotte, ils ne tiennent pas en place dans mon armoire, rangés au milieu de mes très usagées chaussures à crampons.

C'est une carlingue d'avion avec encore quelques pièces valides qui me dépose à l'aube à Faya-Largeau. Dès mon arrivée, j'ai l'impression qu'un briquet est allumé dans mes narines. Et apparemment, marcher sur des braises semble être la norme en ces lieux. Deux guides sortis du Bureau des légendes, emmaillotés de bleu clair, nous invitent à prendre place dans une voiture qui avait dû trimballer le célèbre général Leclerc.

Une dizaine d'heures plus tard, trois crevaisons et 150 kilomètres au compteur, nous voilà enfoncés dans le désert tant attendu du Borkou. La méharée est prête. On démarre alors jusqu'à la tombée de la nuit. Les dunes collées aux rochers en pics créent un décor panoramique. On attend l'arrivée de Lawrence d'Arabie...

Je contemple le théâtre immense de ce premier bivouac. L'air s'est fait gentiment tiède et je le hume par bouffées. J'apprécie la saveur de ce moment où je déploie ma tente qui s'ennuyait depuis trois mois dans son sac. Serge, un ami de longue date qui a rejoint notre groupe au dernier moment, se débat avec sa toile afin de la faire tenir debout, à côté d'un gros rocher. À flanc de dune, un peu à l'abri, je dresse la mienne. Le regard encore clair mais le visage fort soucieux, Serge m'interpelle afin de me montrer l'objet de son inquiétude. À quelques centimètres de sa tente, le rocher laisse apparaître un tout petit espace au-dessus du sable, une grotte miniature de trente ou quarante centimètres de longueur, sur autant de hauteur. « Il me semble qu'il y a quelque chose dedans ! »

Naturellement, je m'agenouille sur le sable, penche ma tête jusqu'au ras du sol et colle mon visage contre l'entrée de cette petite cavité. Ma face tout entière est maintenant dedans. Le jour s'étire et la clarté s'estompe. Néanmoins, mes pupilles dilatées gardent une acuité parfaite. C'est là que je *la* vois. À quelques centimètres seulement de mon nez, enroulée magnifiquement, la tête dressée, ornée d'un diadème formé par ses deux cornes. C'est la cornue ! La vipère cornue ! En la reconnaissant, je crois l'avoir saluée. Peut-être lui ai-je murmuré : « Ne te tracasse pas, on ne fait que passer ! » Je me relève et retrouve un Serge figé et droit comme la justice. « Allons prévenir le guide ! »

Après une rapide inspection, Issa nous intime calmement de ne pas rester contre ce rocher. Serge déplace alors sa tente au pied d'une dune, en s'assurant de l'absence de toute pierre dans son périmètre.

La nuit s'est maintenant posée sur notre bivouac. Notre seule source de lumière est un feu. Une minuscule théière bleue noircie par la suie bouillonne. Le silence du désert tranquillisé par l'obscurité est un agréable partenaire.

Alors qu'il ne reste plus que Serge et moi autour des braises, notre petit guide sans âge prend la parole :

« Elle est vraiment dangereuse la cornue. Aucune chance d'en réchapper ! Sa piqûre ne te laisse que quelques minutes de répit. Mais les morsures sont rares, il ne faut pas la déranger...

— Que faut-il faire si elle nous choisit comme partenaire à mordre ? lui répondis-je.

— Ça dépend. En Algérie, on dit qu'il faut couper le membre mordu. En Libye, il est conseillé d'ouvrir la zone avec un couteau bien aiguisé et de planter un charbon ardent dans la plaie. Au sud de notre pays, on préconise de scarifier la morsure par trois entailles au-dessus et trois entailles au-dessous, puis d'appliquer une pâte préparée avec de l'ail et de l'oignon et de faire boire au malade un bol de beurre fondu. Il faut à tout prix l'empêcher de s'endormir car il ne se réveillerait pas. »

Serge est toujours très pâle et moi je commence à comprendre le danger que nous avons encouru. Issa poursuit :

« Dans le Borkou, on pense que lorsqu'on arrive quelque part il ne faut pas embêter ces vipères. Et encore moins quand on quitte le lieu ! Ainsi, on laisse le mal derrière soi. Et si on la rencontre en chemin, on la tue ! Bonne nuit. »

J'ai eu comme une très fugitive envie d'aller dire bonsoir à la cornue mais je me suis vite ravisé. Si la peur ne m'avait pas gagné jusqu'à présent, elle a fini par me rattraper au moment de rejoindre ma tente. Je me mis alors à l'inspecter de fond en comble avant de m'y allonger. Et dire que je me trouvais à quelques centimètres seulement du venin le plus mortel... Cette pensée m'a habité jusqu'à l'aube, quand j'ai enfin réussi à trouver le sommeil.

Les sapins du Wyoming

Il aurait rêvé d'être rugbyman. Un joueur de *pack*, un homme de combat, un Auvergnat dur aux chocs, un soldat généreux dans les tranchées obscures de la mêlée. De robustesse incontestable au comptoir des bars, il poussa beaucoup dans les troisièmes mi-temps de Clermont-Ferrand.

Mon ami Claude possède un œil de lynx : il le met au service de son goût aiguisé pour la photographie. Son autre passion, les canassons, il l'assouvit dans le Wyoming. Six mois par an, entre l'hiver dur et l'hiver doux, il réside dans cet État. Il le considère en dehors des États-Unis, comme appartenant à la nation de la Nature. Il protège aussi une poignée de chevaux que les détenus de la prison voisine de Cheyenne rééduquent ou débourrent avant de les vendre pour une poignée de figues ou quelques centaines de dollars. Il est mon ami trappeur photographe, spécialiste des Nikon et des Canon. Et parmi ses nombreuses qualités, il a un sens aigu de l'amitié.

Claude nous attend sur le tarmac de Jackson Hole. Quand tu viens de loin et arrives en terre inconnue, le dépaysement est une évidence. Et dans la zone cérébrale de la curiosité, la percussion maximale. Je dois bien avouer que les neurones-soldats de l'anxiété se mettent en éveil tout comme ceux de l'inquiétude qui sortent d'une bonne sieste. Quant à l'armada des nerfs-fonceurs, ils font chauffer les synapses qui ne tiennent plus en place. Ils siègent dans les guibolles. Ils sont des boules de feu qui grésillent dans le ventre. Les neurones experts en esthétique déclenchent les alarmes du beau et du lourd à l'horizon.

Sur la route de Dubois, nous croisons quelques bisons de retour sur ces terres après le terrible génocide commis par l'ignoble Cody, plus connu sous le nom de Buffalo Bill. Dans ces immensités montagneuses, Dubois se présente comme une enfilade de saloons de part et d'autre de la route nationale qui la traverse. De 1608 jusqu'au début du XIXe siècle, c'était la pointe nord-ouest d'un gigantesque territoire français qui occupait plus du tiers de l'Amérique du Nord, nommé Louisiane, Acadie, Canada ou tout simplement Nouvelle-France. En 1803, à court de cash, Napoléon revendit ces terres de quatre fois la France aux Américains, déjà très affûtés en matière de business. D'où ce nom de Dubois qui, avec Dupont et Dugland, chante si bien notre France. En chemin, nous passons devant un lodge pour les Jeremiah Johnson débutants et, un peu plus loin, une grande pancarte nous précise que nous sommes en Terre de Grizzli : « Here is Bear Land. » Nous traversons maintenant l'immense forêt de Shoshone, pas très loin de la réserve indienne de la Wind River, le long de la chaîne montagneuse des Grands Tétons, en bordure de la partie la plus sauvage du fameux parc national du Yellowstone.

La maison de Claude est située dans les montagnes au-dessus de Dubois, à 2 500 mètres d'altitude. Il s'agit d'une ancienne cabane de trappeur du XIXe siècle qu'il a pris le temps de retaper et où il n'a pour compagnons qu'un grizzli et quelques loups.

Après deux belles nuitées dans cette demeure qui hume encore un peu le poil de castor, nous décidons de partir pour une dizaine de jours en expédition dans la forêt de la montagne à demi pelée.

Le ciel qui aime le froid a sorti son tee-shirt jaune. La neige campe encore un peu dans des névés retardataires. Trois mustangs de belle allure nous accompagnent. L'un porte Claude sur ses reins, les deux autres trimballent les cantines de ravitaillement et les toiles de tentes. Je marche à pied avec Janie, la robuste dame qui m'accompagne. Le premier névé à traverser, d'une profondeur de neige inconnue, relie deux petits flancs de massif.

La marche est malaisée et, dans la trace profonde ouverte par nos chevaux, Janie perd soudain l'équilibre. Vêtue d'un K-Way superbement farté, elle commence à dévaler une plaque de neige en pente très abrupte qui finit deux cents mètres plus bas dans un petit torrent. Claude se met à hurler, les chevaux se cabrent et moi je deviens bègue.

Trente mètres plus bas, on retrouve Janie sortie de cette mortifère descente par un roulé-boulé d'école, telle une équipière du GIGN en mission. Au milieu d'un tas de pierres, elle est intacte et souriante, malgré les bras râpés et les genoux griffonnés. Visiblement, les fées de la dégringolade ont dévié la trajectoire de son corps en perdition.

Pour notre première nuit sous les étoiles, Claude choisit un campement en lisière de forêt, à seulement une encablure d'un torrent à truites. Dans ce lieu qui a dû accueillir les plus intrépides trappeurs, nous nous installons. Claude allège les reins du mustang chargé de la gamelle et m'invite à préparer le bivouac. Je déplie ma tente et la dresse sous des sapins. Je m'affaire ensuite à préparer le feu. Je savoure la quiétude de l'instant au milieu de cette nature endimanchée. Les branches sèches que j'ai pris soin de préparer et de disposer en pyramide crépitent de joie.

Claude fonce dans ma direction comme piqué par un essaim d'abeilles ivres, en criant : « Daniel, fais gaffe ! LE FEU ! » Une fois devant, il se précipite pour jeter sa veste sur le feu, naissant mais déjà grand, et l'étouffer dans l'instant.

Il me somme maintenant de regarder au-dessus de ma tête un peu bouillonnante. Je découvre alors que j'ai installé le foyer sous une voûte de trois arbres secs, archi-secs. Au milieu de cette forêt de pins et de sapins jaunis par les attaques de coléoptères, certains semblent, en effet, desséchés par une mort récente. Une flammèche de mon feu, une étincelle sur des brindilles, et quelques minutes auraient suffi pour jeter des milliers d'arbres dans un incendie cauchemardesque.

« En 1988, la forêt a brûlé pendant deux mois ici. Quatre-vingt-dix mille hectares sont partis en fumée. Dix mille pompiers ont bataillé jour et nuit. Des dizaines de milliers d'animaux ont été grillés vifs. Il faut vraiment faire gaffe, Dany ! »

L'eau fraîche du torrent a un goût neutre d'une grande pureté. La gamelle est frugale.

La nuit et l'éternel duvet douillet nous font retrouver la tente. Un espace de repos pour mon imagination en feu. Mais je peine à trouver le sommeil, obsédé par les flammes sans pitié qui auraient pu ravager la forêt.

La nuit a déjà parcouru la moitié de son dessein et une envie pressante d'uriner me fait me lever. Une fois dehors, je remonte la fermeture éclair de ma chaumière, ne souhaitant pas déranger Janie. C'est alors qu'apparaît devant moi un wapiti, dont la tête dépasse le sommet de ma tente. Immobile, il me regarde. Ses yeux maquillés lui donnent l'allure hiératique d'un mannequin à la fin d'un défilé dans le monde forestier. Nos regards se croisent pendant une trentaine de secondes qui me paraissent une éternité. J'entends alors résonner : « Fais attention, Dany, tu n'es pas chez toi ! Il serait couillon que tu grilles avec nous ! »

Abrazo

C'est dans le coffre intime de ma poitrine que sommeille ma réserve d'amis. Ils sont dans l'air que je respire. Leur souffle amplifie mes inspirations, apaise mes expirations, chassant de mon thorax toute forme d'oppression. Je lis leur affection dans les sons qu'ils émettent. Leurs mots jaillissent, se posent et s'entrelacent sur mes épaules.

Ma réserve d'amis est discrète. Notre amitié n'est jamais tapageuse. Si dire clairement « tu es mon ami » est chez moi chose rare, j'essaie de faire en sorte qu'ils l'entendent au moins une fois dans leur vie. Et puis, il y a ceux à qui je n'ai jamais osé demander si je pouvais être de leurs amis, tant leur gentillesse m'impressionnait ! Je pense aux belles personnes, à Michel Serres ou à Gisèle Halimi dont les livres ont tant compté.

Il y a également celles et ceux qui riraient en m'entendant dire que je les compte parmi mes amis. Leur rire sincère, ou peut-être amer, exprimerait une impossible réciprocité. Je ne les compte pas, je ne les compte plus. Aucune amitié n'est préméditée. Et si elle ne se déclenche pas, cela ne laisse aucune séquelle en moi.

Ceux à qui j'ai exprimé mon amitié ont compté pour moi. Si certains ne comptent plus, s'ils sont passés à la trappe, c'est que leur amertume était trop grande.

L'amitié est une œuvre qui se déploie lorsque les âmes se flairent. Elle naît dans le ton des échanges et le son juste des mots. Ami, entends-tu les mots qui s'enchaînent ? Le vol beau de nos mots qui s'entraident ? La limpidité relationnelle fait le charme de l'instant, l'accroche du moment. La rencontre possible déploie les élans sensibles. Alors jaillissent les sentiments, on les respire ensemble, en communion. Le bonheur d'être avec les autres, ou avec quelqu'un d'autre, se niche dans l'amplitude de ces émotions. Je n'accorde aucune confiance au rationnel quand je me laisse accoster par une sensation d'amitié.

Dans l'antre de mes amitiés, la porte n'est pas fermée à clef. Mon coffre est toujours ouvert. C'est drôle, d'ailleurs, un coffre ouvert à tous est-il toujours un coffre ? Il peut être une planque, un sas de repos, un hall d'aéroport, une salle d'embarquement. Les amis s'y agglutinent, se collent et si, par malheur, ils se décollent, un morceau du cœur est susceptible de s'arracher. Le repaire de mes amis est plein de boudoirs à bouderies et de fumoirs. S'y cachent des oubliés, des inconnus, des gens de passage ou d'autres sur liste d'attente. Dans un recoin, trône une tireuse à bière.

À l'intérieur y règne un grand désordre. Surtout lorsqu'il s'agit de délibérer pour le palmarès du meilleur ami. Dans mes amitiés, il n'y a pas de hiérarchie. Et deviennent mes amis celles et ceux que j'ai envie de serrer dans mes bras ou à qui je veux donner un *abrazo*.

Transmettre

Qui sont les maîtres qui guident un voyage au-delà des ports ? Les pères, les mères, les maîtres d'école, les frères et sœurs de route ? Les aimants, semeurs de ferments actifs qui s'ignorent et dont l'influence, pourtant réelle, ne sera jamais vérifiée ? Ceux qui nous inspirent parce qu'ils nous considèrent. Ceux dont nous sommes poreux parce qu'on les aime.

J'ai envie de remercier ceux qui, autrefois, ont laissé sur moi une empreinte, résonnant aujourd'hui encore dans mes sens. Je bute sur l'identité de ces influenceurs. Même si je suppose que mon pater, un homme qui causait peu mais affichait une réelle dignité, a joué un joli rôle. Comme la plupart des *madres*, ma mère donnait la plus belle part de sa vie à ses enfants. Elle le fit naturellement et merveilleusement bien avec le fruit de ses amours… et moi notamment. Si je me réfère aux épitaphes de mes anciens, aux quelques mots qui pourraient sensiblement résumer leurs vies et mesurer les traces qu'ils ont laissées, il en serait ainsi... Pour mon papet : « J'ai tant aimé le sang de la terre... À la dure ! » « La rareté du dire se moque de celle du rire » irait bien à ma mamée. Pour ma mère : « Jamais la méchanceté ne sera dans nos cœurs » et pour mon père : « La dignité est dans le labeur. »

J'avais tout juste 11 ans et la jambe bien maigre. Je m'apprêtais à disputer, avec les minimes du Rugby Club de Toulon, un match à Brignoles quand ma mère mit au fond de mon sac de sport, en toile cirée bleue, le short qu'elle nommait « braillette ». Ce short, mon père le portait lors de son dernier match avec La Seyne contre Bédarrides, dix ans auparavant. Dans une petite serviette de toilette râpée, si fine qu'elle peinait à essuyer les corps mouillés, elle avait enveloppé une fiole d'huile camphrée. J'aimais son odeur et l'idée que, badigeonnée à petites doses sur les cuisses et les mollets, cette huile faisait courir plus vite !

Dans le vestiaire d'avant match, mon éducateur, tueur aux abattoirs de Toulon, nous avait dit : « Qu'ont-ils de plus que vous vos adversaires ? Rien ! Ils sont comme vous, ils ont quatre bras et quatre jambes, vous n'avez donc aucune raison de les redouter. Mais ils veulent vous faire brouter l'herbe. » Je ne trouvais pas cela très intelligent de leur part, ni de la sienne d'ailleurs. Je ne me rappelle rien d'autre que ces mots. Ni du bourre-pif à la fin du match, ni du résultat, mais je crois que nous avions gagné.

Manu, mon enfant d'amour, va sur ses 11 ans. Perché sur mes épaules, il regarde les passagers de l'avion d'Air India descendre de la passerelle dans l'aéroport de Bombay. De la poche latérale de son petit sac à dos dépasse la tête rieuse d'un Kiki qui voulait à tout prix être de ce voyage en tête à tête avec mon fils.

Nous passons notre première soirée en Inde dans une pension de famille hébergeant une armée de mygales et de cancrelats. Manu est fiévreux. J'ai, dans ma sacoche... une fiole d'huile camphrée. J'ai également en ma possession un minuscule flacon d'essence de lavande qui vient de ma terre de Provence. Dès la première inspiration, il convoque toute ma lignée de rastaquouères et chiffonniers-colporteurs qui franchirent Gibraltar, puis les monts d'Andorre, dans le siècle écoulé.

La nuit a charrié son lot d'angoisses mais, le lendemain, Manu allait bien mieux. Je ne crois pas que mes huiles aient produit un grand effet. En revanche d'avoir vomi la semi-remorque de bonbons consommés dans l'avion l'a soulagé, puis guéri.

Fanny, ma fille adorée, n'a que 7 ans. Elle aime prendre le volant du camping-car, notre ambulante chaumière, et choisit où nous emmener « pour de semblant ». Nous sillonnons les rivages de la péninsule Ibérique avec la palanquée de peluches qui nous accompagnent. Le soir au clair de la lune, sur les plages d'Alicante que connurent nos ancêtres, elle leur raconte nos secrets.

Manu a bien grandi. Il joue ses matchs minimes avec les chaussettes de ma finale contre Béziers en 1971.

Le 2 mai 1987, alors que l'on célébrait à Paris un peu le travail et beaucoup le muguet toulonnais, j'eus la joie de faire un tour d'honneur du parc qui accueillait alors les princes d'Ovalie. À ma sortie du stade, j'ai agrippé le bras de ma jeune Fanny, ma fierté de père, et c'est avec elle que j'ai vécu toute la soirée qui a suivi. De l'arrivée à la réception d'après match avec le bouclier, jusqu'à tard dans la nuit pour les festivités.

Quelques semaines après, au vu de ses brillants résultats scolaires, nous sommes retournés à Paris pour un séjour père-fille. Les théâtres ont embelli nos soirées, les tables délicieuses accueilli nos débats, et les beautés du Louvre relayé l'appel d'un futur grand large.

Au centre de Cuba, loin dans les montagnes, Trinidad est encore dans le jus d'une cité du XVIIIe siècle. La route qui nous y emmène est défoncée. Un orage déverse des torrents d'eau sur la région. La nuit tombe aussi vite que la pluie et mon moral se met au diapason. Pour décor, nous avons une forêt lugubre. Notre véhicule de location s'y enfonce, tel un mufle rugissant d'une gorgone. Sous des trombes d'eau, ce digne tas de tôle est sur le point de rendre l'âme. Selon saint Fidel, il y a comme une sensation d'apocalypse qui flotte dans l'air.

À l'arrière de la voiture, Fanny et Manu, insensibles au danger, chantent Cabrel à tue-tête. Nous arrivons enfin devant une bâtisse. Avec sa façade des années avant Castro, elle ressemble de très loin à un hôtel et de beaucoup plus près à une maison du Parti. Une quinzaine de jeunes qui semblent être les maîtres des lieux nous font patienter dans le hall. Dehors, la pluie vire au déluge. On finit par nous annoncer qu'il ne reste aucune chambre de libre mais que nous pouvons rester dans l'entrée pour nous abriter.

Riches de leur vingtaine rayonnante, Manu et Fanny échangent avec deux filles, sans doute étudiantes, probablement reconverties en indics dénonciateurs. Ils passent un long moment à négocier un lit ou un fauteuil pour nos carcasses fourbues. Je ne devine aucune crainte dans leur allure. Pas la moindre trace d'angoisse n'a trouvé refuge dans leurs propos. Manu et Fanny n'ont peur de rien.

Une fois la transaction réglée, ils se remettent à chanter Cabrel, à déclamer quelques poètes français et *Les Marchés de Provence* de Bécaud.

Nous dormons sur un canapé contemporain de la Baie des Cochons et qui a dû voir les troupes du Che !

Aux aurores le lendemain, une voiture est venue chercher les deux jeunes filles pour les emmener au bureau de police de Trinidad. Nous les avons attendues toute la journée et, vers 18 heures, elles en sortirent enfin. Nous nous sommes alors discrètement rapprochés d'elles. Les yeux tristes, elles nous ont murmuré : « Ne cherchez plus à nous voir, ni même à nous parler... *Adios !* » Si l'hospitalité des gens du peuple nous a enchantés, celle de l'État cubain nous a profondément inquiétés !

Après avoir fini leurs études de Sciences Po, Fanny et Manu se lancèrent dans les voyages. Quelques années plus tard, ils ont transmis à leurs progénitures le goût de mettre le nez, sans angoisse, dans les beautés du monde. Pour continuer de le raconter, à leur manière.

Le match de Bath en Angleterre

La balle blottie dans l'angle d'une étagère de ma cabane est un bel objet, à la retraite désormais. Elle n'est quasiment pas dégonflée, comme si elle avait conservé l'air pur chuchoté par des hordes de joueurs amoureux de leur maillot. Cette balle avait éprouvé l'accueil des mains et des bras amis, vu les humains s'affronter pour ses beaux yeux en amande. Balle de match, elle est devenue boîte noire, capable de transmettre les si belles choses qu'elle a vécues. Elle aurait eu beaucoup à raconter, mais a toujours été discrète. Jusqu'à aujourd'hui...

Il fut un temps où, pour le simple plaisir du jeu et des yeux, les rugbymen champions de France affrontaient les champions d'Angleterre. Cette année-là, Toulouse, détentrice du bouclier de Brennus, ne put honorer ce rendez-vous, et c'est mon club de Toulon, deuxième du championnat l'année précédente, qui fut invité à la suppléer. Notre adversaire était le club anglais de Bath.

À Recreation Ground, le mythique terrain de Bath plein à craquer, on ne compte pas de télévision ni d'écrivaillons. Ce match sans enjeu sportif ne séduit que les gens d'Ovalie.

Le temps est humide mais sans pluie, la pelouse est grasse mais accroche les crampons. À l'instant précis de son entrée sur le terrain, le capitaine de Toulon lui colle une bise. Les bouffées de testostérone et d'adrénaline sculptent son port de tête. Sans brusquerie, il dépose la balle adoubée au centre du terrain. Lui, c'est le meilleur des hommes. Un emblème de proue, un joyau de bonté. D'allure titanesque, il offre à tous le visage d'un guerrier pacifique et rayonne, olympien.

Dès le premier coup de sifflet, mes joueurs s'engagent. Tous, du 1 au 15, à chaque passe, pour chaque touche et dans chaque tas jusqu'au four des mêlées, là où les hommes fous aiment moudre les bellicosités adverses.

L'année ? Je ne m'en souviens pas. Le résultat non plus ! Je sais seulement que nous avions gagné. À la fin du match, le public est descendu des tribunes pour applaudir les joueurs, ce qui se fait à peu près partout mais surtout en Angleterre. Et oubliée par l'intendant chargé de récupérer les fringues et les objets bondissants, la balle roule encore au sol, au milieu des Church's et des Clarks. Je mets alors la main dessus, sans délicatesse particulière mais sans brusquerie non plus, avec au bout de mes doigts cette empathie que j'accorde aux gens ou aux choses désirées.

Une fois au vestiaire, je me souviens l'avoir déposée dans mon gros sac, comme si une place lui était réservée. Éprouvait-elle une quelconque agitation de satisfaction en cet instant ? Elle ignorait sûrement que, de toute ma carrière, je n'avais jamais gardé une seule balle de match. Elle était la première. Là, au fond du sac où s'entassaient tous mes grigris, mes fringues d'entraîneur, mes fiches de matches, le short troué de mon père, la photo de mes enfants, et le suspensoir que je portais le jour du titre de champion d'académie avec les minimes.

Ce capitaine de Toulon, je l'ai vu pour la dernière fois il y a une petite semaine à Toulon, cette ville devenue sienne après que, grand ado, il débarqua de son Afrique du Sud natale. Nous avons échangé sur la fraîcheur des oursins et le fruité du rosé de Bandol, qui reste une référence mondiale. Puis, de fil en aiguille, nos souvenirs assoupis se sont installés d'abord au fond des yeux puis à fleur de mots. Durant huit ans de route commune, nous avions fait des centaines de matches… Pourtant, jamais nous n'évoquions les lueurs glorieuses de notre passé. Avec un tic d'experts fraternels, nous nous projetions toujours dans un futur où nos curiosités aimaient traînasser.

C'est alors qu'il me dit, sans détour ni artifice, vingt-cinq ans après : « Le plus beau de notre carrière, c'était le match à Bath, tu t'en souviens ? Je crois qu'on s'aimait fort et que tu nous aimais beaucoup. »

Trois jours après, le capitaine fut victime d'une de ces crises cardiaques que réserve la mort aux bons vivants. Il s'appelait Éric Melville, il allait avoir 56 ans.

Ce match remontait à tant d'années. Ma mémoire avait prescrit les émotions et les saveurs de feu de cette époque. Soudain, cette balle que j'aimais sentir là, dans le coin de ma cabane, mais que je ne voyais presque plus, se mit à capter mon intérêt en m'envoyant des signaux, ceux qui grattent le ventre et tapent dans la poitrine. Dans le coffre de mes souvenirs inoubliables parce qu'y fermentent encore des maillots ammoniaqués de sueur, je la revis tout en beauté allant d'un grand vers un dodu, d'un simple brave vers un international breveté. Mon défunt capitaine l'avait dit, c'était le plus beau match de notre histoire. Et cette balle en devint la boîte noire.

Pas une seule fois je ne l'avais vue comme une œuvre taillée dans les chocs corporels et les vents anglais. Je la percevais comme un objet creux de 450 grammes circulant d'un joueur émetteur à un autre récepteur. Même si, pendant ce match, elle avait voyagé joliment entre les jambes maigres que l'on appelle les poteaux et avait été, dans un tempo allègre, choyée par tous les Toulonnais. Je revois maintenant mes joueurs dépouillés de toute « gloriole », offrant leurs corps aux charges terribles des fantassins anglais. Des couches fossiles de ma mémoire surgissent les scènes du match : les assauts limpides et ciselés des corsaires toulonnais, vidant jusqu'à l'épuisement total le réservoir de santé de la défense rosbif.

Je me retrouve maintenant à la veille du match. Des senteurs d'orges et des rots d'ogres flottent dans mes souvenirs que je croyais radiés, et déclenchent un grand remue-ménage dans les reliques les plus enténébrées de ma mémoire.

Quelques joueurs étaient venus courtiser une tireuse à bière dans un pub qui sentait bon la tradition. En peu de temps, l'équipe entière s'était retrouvée accoudée au zinc. Les générosités historiques qui consistent à remettre une tournée lorsqu'un ancien a ouvert le fût ne tardèrent pas à se répandre. Les mots prirent le galop, les tensions s'estompèrent une à une à la bonne franquette. Le groupe, gros tas, devint un cercle de joueurs de chœur. Le repas fut liquide et après cette nuit de houle le match s'annonçait comme une sublime tempête victorieuse.

Dans ma cabane, main sur la balle, je choisis de remplir une pinte de mousse fraîche et de l'offrir au capitaine disparu, dans la lumière du soir. À travers la brume de l'instant, je revois le banc des remplaçants, juste derrière moi, dans la tribune du vrai Ground Stadium de Bath. Ce jour-là, les joueurs de classe internationale de notre équipe, par rotation de loyale concurrence, étaient presque tous remplaçants. Je crus deviner dans leurs regards : « Les grandes équipes sont fières de voir les fils vaillants dépasser leurs pères aimants. »

En trente ans de carrière, j'en ai eu des balles en mains... Mais je n'en ai gardé qu'une seule, celle du match de Bath en Angleterre.

Chomolungma

J'arrive à Lhassa avec quelques citrons verts dans ma besace, prétendus efficaces contre le mal de l'altitude. J'ai apporté deux exemplaires de mon passeport et un sac de couchage me permettant de ne pas mourir de froid lorsque la température sera de – 20 °C. Dans les rues de la capitale du Tibet, les moines bouddhistes, en robe couleur safran, semblent marcher vers nulle part. Opprimés par les autorités et persécutés jusque dans les hautes montagnes, ils ont été réduits au silence. Leur boss, le bien charismatique Tenzin Gyatso, quatorzième dalaï-lama, a été contraint de déguerpir vers Dharamsala en Inde, où il vit depuis plus de soixante ans. Même s'il n'exerce plus d'autorité sur le gouvernement tibétain en exil, son aura ne cesse de grandir à travers le monde. On le dit de pure bonté. Il est un chef politique et spirituel, il irradie la paix et prône la non-violence. Mais, dans le Tibet contemporain, il est fortement recommandé de ne pas prononcer son nom...

Lhassa a perdu une partie de la face et beaucoup de sa culture dans le rétrécissement délibéré de son centre historique livré aux bulldozers chinois afin d'agrandir la ville moderne. Heureusement, son Potala, le palais majestueux où résidaient les dalaï-lamas et où résonnaient les chants tibétains, resplendit encore. C'est ici, devant les volutes d'encens forant les nuages, que se recueille le monde entier.

Au cœur de la vieille ville siège le saint du saint, le poignant temple de Jokhang. Depuis le VIIe siècle, il est le berceau des tensions-effusions entre Chinois et Tibétains et, en 2008, le lieu d'une atroce répression.

Ici, les bols à musique et les moulins à prières entassés comme des âmes mortes envahissent les quelques échoppes rescapées d'un autre temps. Comme un spectacle réjouissant, j'ai vu des moines plutôt maigrichons batifoler par équipe de deux pendant une séance de rhétorique en plein air, d'autres prier dans le célèbre monastère dissident de Séra.

Le Tibet échauffe ma curiosité. Ses monastères de haute quête sociale et spirituelle en font le pays le plus mystique du monde, mais aussi le plus reculé ! Toute retraite apparaît comme la thérapie du bonheur universel.

Nous sommes la veille du 14 juillet, bien loin de Paris et de sa place de la Bastille. Demain soir, un grand bal populaire fera danser les citoyens de mon pays. Je me trouve sur un belvédère de pierres sèches surplombant Tingri. Il s'agit du dernier village avant le camp de base du Chomolungma. Je suis venu pour le voir lui, le mont roi. Celui que le monde entier nomme Everest, en hommage au *sir* britannique qui découvrit le mode de calcul de sa hauteur en altitude. Chomolungma, « déesse mère du monde », est son nom tibétain. Tout au long de ce périple au Tibet, c'est ainsi que je le nommerai. Ses sonorités résonnent comme un tambour d'assaut. Par le passé, j'avais déjà voué une affection à la *Pachamama*, terme utilisé par les Andins des altiplanos sud-américains pour désigner la « terre mère ». Les échos de ces noms galopent sur mon épiderme jusqu'à la chair de poule et convoquent même quelques larmettes.

Dans l'unique auberge de Tingri, autour du poêle en bronze chauffé à la bouse de yack séchée, on consomme des hectolitres de *suma*, un thé noir au beurre salé. Cette boisson typique pourrait être une cousine éloignée de la soupe de nos grands-mères, mélange de tisane de bourrache et de beurre oublié dans l'écurie.

Seulement une vingtaine de bornes nous séparent de Chomolungma. Je l'aperçois au loin, planté sur l'horizon, chapeauté par un troupeau de nuages gris. Il est le plus haut sommet de ma Terre, le double ou presque de là où je suis. 8 849 mètres. Les visiteurs de Tingri, dont je fais partie, terminent de préparer leur expédition himalayenne avec un nombre élevé de sherpas et plus encore de baluchons ficelés. Il nous faudra marcher huit heures pour arriver au camp de base à 5 500 mètres, situé au pied du mont Chomolungma.

Tingri s'éloigne doucement. Mon pas est lent. Sous mes pieds se dressent encore les champs de colza aux fleurs éclatantes. Bientôt, les collines pelées annonceront les hautes montagnes. Au milieu de la chaîne, le Cho Oyu et ses 8 201 mètres orne sa tête d'une ribambelle de petits nuages décoratifs.

Mes jambes sont lourdes. Je marche depuis quatre heures. Je croise un troupeau de yacks habillés pour l'hiver. Ils stoppent et m'observent comme une escouade d'ahuris redoublant la classe de CP. Mon chemin alterne raidillons, montées et ascensions.

Six heures que je marche. Un vent frisquet s'est levé. Je l'ai en plein dans le nez. Mes forces diminuent.

Les deux dernières heures se transforment en un enfer. Mes neurones sont en mode survie et ma foulée ne dépasse plus les trente centimètres. Je rentre un dé à coudre d'air frais dans mes poumons et chacune de mes inspirations s'apparente à la dernière.

Enfin, au pied d'un mamelon pelé, un « trou de verdure où chante une rivière » accueille quelques tentes dressées. J'y aperçois la mienne. Mes guides mi-chinois, mi-tibétains m'attendent très souriants. Ou peut-être moqueurs, je ne sais pas. J'ai envie de crier mais aucun son ne sort de ma bouche. J'ai envie de gesticuler mais il m'est impossible de soulever les bras. J'ai envie de penser la joie, mais je ne peux pas.

Devant ma tente, je fléchis les jambes et déjà je dors. Au sol, enfin, je ronfle. Je suis épuisé. Mon réservoir d'énergie est totalement vidé. *Chomo*, je suis cuit. Mais j'y suis !

Delphes

J'ai 22 ans. Le Che est mort, mon rugby va, ma vie galope. Ma 2 CV, qui a l'âge de ma grand-mère, m'emmène en Grèce. À Olympie et à Delphes, plus précisément. Je traverse un rideau que l'on dit de fer avec ma belle copine. Je visite la rude Yougoslavie, traverse l'austère Bulgarie et sa cousine la Roumanie. Un grand trouble agite ma petite conscience politique sculptée par un père ouvrier qui m'envoyait au tabac acheter *L'Huma* et son paquet de *goldos* sans filtre. « Dans les pays de l'Est, tout est beau ! Pas de chômage, les femmes et les hommes y sont considérés en toute égalité et les écarts de salaires entre les riches et les pauvres sont faibles », m'avait-il dit. À mon retour de voyage, j'ai dû lui confesser n'avoir croisé que des gens aux yeux ternes, crevés de méfiance, terrifiés par les informateurs, les indics, les délateurs. Je n'ai vu que des dames courbées, bêchant dans les plaines. Budapest était gris anthracite, Sofia et Bucarest, habitées par les ombres. La nuit semblait avoir remplacé le jour malgré la chaleur fraternelle de rugbymen m'ayant entraîné dans le champ des amitiés.

L'entrée en territoire grec fut un soulagement et éloigna mon cœur de l'idéologie collectiviste. À mon arrivée, je chantais à tue-tête, remerciant ma 2 CV de ne pas m'avoir carafé dans ces pays de peu de joie. Après la frontière, je fonçais à 50 kilomètres-heure vers Delphes dont j'allais humer l'air pour la première fois.

Là-bas roupillent de très gros blocs de pierres taillées et oubliées. Grossières et énigmatiques, elles sont confites dans le silence au pied du mont Parnasse, dont l'ombre froide effraie les corbeaux et les rapaces. Balafrées par les hommes, vautrées dans la poussière, ces pierres ne disent rien de leur vécu.

Une poignée de colonnes encore debout tracent les angles du temple d'Apollon. Le fameux Adyton, d'où la Pythie recevait les paroles de ce fameux dieu, a l'allure d'un puits bouché par quelques cyclopes éméchés. Me voilà au fronton du temple, où était inscrit jadis le fameux *Gnothi seauton*, traduit par ce « Connais-toi toi-même » qui me bougera pour le restant de mes jours. Monsieur Mesnage, mon prof de philo, m'avait conseillé d'accrocher cette phrase à ma conscience, ainsi : « Le gros de ton boulot pour cheminer chez les humains sera fait ! » À dire vrai, je n'avais pas très bien compris cette maxime l'année de mon bac.

Le stade de Delphes est plus beau et bien mieux conservé que celui d'Olympie. On y décernait un rameau de laurier, l'arbre favori d'Apollon, alors qu'à Olympie c'était une couronne d'olivier que le vainqueur recevait. Je ne distingue pas vraiment de différence morale entre les deux. Ma mamée prenait autant de plaisir à mettre du laurier dans le pot-au-feu du dimanche que des olives dans la salade de tomates, sacrée chez nous.

J'observais les pierres, je percevais quelques gémissements, sans rien comprendre à ce qu'elles essayaient de me raconter. L'estime de mes jeunes années prenait un sacré coup. Pourtant, je crois que j'étais sur mon chemin, probablement le bon... J'étais curieux des choses et des humains, un peu moins des pierres et de leurs chagrins.

Dix ans plus tard, je revins à Delphes, après avoir sillonné la planète Terre dans ses parties les plus ovales. J'étais devenu goulu des grandes forêts tropicales, goinfre des sables bien chauds, gourmet vagabond sur le Gange ou le Paraná. Un petit bout d'Himalaya par ici, un gros morceau du Rugby Club de Toulon ou des All Blacks par là. Sans trop savoir pourquoi, je me retrouvais une seconde fois sur le site de Delphes.

Reconnaissant les lieux, je me mets à courir, tête légère et haute, sur le stade. Je chantonne au théâtre et au centre du temple, me sens bien. Peut-être même que je suis pleinement heureux. Là où, en pleine fumée, la Pythie taillait la bavette avec ce gaillard d'Apollon, s'agite en moi le mémorable « Connais-toi toi-même » de mon prof de philo. Je quitte les lieux en remerciant affectueusement mon guide Matoula.

Me voilà de retour, trente ans après mon premier séjour. Venues des profondeurs, les volutes cristallines des eaux grecques batifolent avec les vaguelettes de surface dans le golfe de Corinthe. Au port d'Itea, si proche du site antique de Delphes, les rougets grondins frétillent encore sur l'étal de la poissonnière. Sur une feuille de journal destinée à servir de papier d'emballage, on peut lire en gros titre « La mer a un pays, la Grèce ». Cette accroche me percute.

Ici, il est vrai, les vagues et les embruns tètent avec une évidente gourmandise les plages et les criques. Ma barque fend les meringues chantilly déposées par Éole sur la mer Méditerranée. Cap à l'est ! Suivons les dauphins. Delphes pointe le bout de son nez !

Masse sombre sur l'horizon, je reconnais le mont Parnasse. J'ai la bien étrange sensation que, cette fois encore, j'y serai bien reçu.

Dès la sortie du port, sous une coupole de hautes branches d'argent bleuté, un boulevard traverse la plus vieille oliveraie du monde. Elle compte quatre cent mille arbres, cultivés ici depuis trois mille ans. Puisque, en Grèce, tout est mer, on nomme cette splendeur « la mer des Oliviers ».

Sur le chemin qui s'escarpe vers le site de Delphes, on aperçoit l'oliveraie qui s'étale jusqu'au rivage. Une houle émeraude parcourt la canopée et vient se jeter à l'eau. Une sensation d'immensité me traverse. L'oliveraie millénaire est un abri face aux risques qu'impose la vie. Elle nourrit d'huile, son suc divin, les dieux du ciel. Les mortels, eux, y puisent santé et énergie. Je suis persuadé qu'elle protège des secrets, enfouis dans ses écorces vieilles de trois mille ans. Tout comme les pierres fatiguées des vestiges qui nous attendent plus haut.

Arriver à Delphes par la mer et débarquer au mont Parnasse sur un imaginaire aileron de dauphin pour ensuite surfer sur les vibrations de la grande oliveraie, quel rêve !

Il me fallut du temps pour faire chanter les vieilles pierres… Au fil de mes visites, Apollon est devenu un ami et le stade de Delphes, mon stade. Ce site est désormais pour moi le lieu où mes doutes peuvent voler dans l'éclat d'un feu de joie. Je leur donne rendez-vous dans dix ans, ici même, pour vérifier où j'en suis du fameux « Connais-toi toi-même ».

École

Mes écoles sont au cœur de ma vie. Mon bahut et mes facs, mon vieux collège et mes universités, mes stades et mes cours de récré. Elles sont mes plus anciennes affections.

Partout où j'ai posé mon baluchon, dans toutes les sentes habitées que j'ai arpentées, j'ai salué l'école. Celle des glaces et des forêts, celle des palais et des quartiers. J'ai visité les monumentales écoles du vieil Occident européen comme les plus modestes classes en Guinée ou les écoles coraniques dans les déserts d'Hadramaout, au sud du Yémen. J'ai visité plus d'écoles que de monuments et j'ai mis mes mots et mes idées, parfois mes tripes, au débat de l'éducation aux quatre coins du monde. Dès que pointe ce thème, celui des transmissions et des jeunes en perdition, je me gratte la panse d'avance avec une attitude de régalade. Je suis chez moi, ces sujets sont les miens, ce *taime* me sied.

Le temple qu'est l'école, où trépignent jeunes anges ou démons, petites frappes et grands couillons, est habité par les possibles éclats de joie et l'incandescence lumineuse des regards. Dans les classes, les prés des récrés, tout comme dans les stades qui sont écoles pour moi, on cultive également les saines inquiétudes. Dans tous les pays, c'est à l'école que les jeunesses vont et viennent et passent quasiment tout leur temps.

À l'occasion d'une tournée dans l'hémisphère sud avec le Rugby Club de Toulon que j'entraînais, je reçus l'invitation officielle pour donner un cours à une classe du collège de Manurewa, au sud d'Auckland, en Nouvelle-Zélande. Sur le carton étaient précisés le lieu, l'horaire et le thème de cette journée : le rugby à la française. La présence de tous était souhaitée.

À l'heure annoncée, avec le capitaine du RCT, nous avons mis en place des jeux et des feintes, des improvisations, des situations de désordre joyeux sur la petite pelouse du collège, devant une tribune pleine à craquer de profs et de parents. Toutes les quinze minutes, nous stoppions les exercices pour converser et débattre avec les cadres du collège, les parents et les élèves. Quel beau moment ! Quel pied !

Mon admiration pour les profs est immense. Et pas que ceux de l'école d'ailleurs. Ils sont des passeurs d'idées et d'expériences, des initiés de la transmission, de la respectabilité de l'esprit, de la considération en majesté de l'intelligence. Les maîtres envoient du lourd dans leurs ateliers, dans leurs salles de classe ! Dans leur antre, ils endurent, expérimentent, donnent du cœur et de l'estime, et souvent de l'amour.

Pendant le confinement, la pandémie fit peser sur les citoyens français la contrainte de faire l'école chez soi.

Chaque matin à 10 heures pétantes, la fillette bouclée de la maison d'à côté traversait le jardin, son cartable vissé sur ses petites épaules de maternelle, pour venir chez sa mamie, ancienne maîtresse d'école. La fillette respectait l'horaire et s'appliquait dans la tâche d'apprentissage qui lui incombait. Mais, au bout d'une bonne heure, elle proposait à sa mamie de redevenir sa compagne de jeu, ayant le pouvoir de donner vie à ses peluches. Je suis intimement persuadé que la transmission passe par les chiffres et les lettres, les idées et les histoires mais aussi par l'imaginaire et la stimulation de la curiosité. Ainsi, le prof devient potentiellement un passeur vers la route du bonheur.

Je me revois ramer en classe de cinquième. Je ne faisais rien de mal mais pas grand-chose de bien non plus. Je crois que je m'appliquais, mais personne ne le voyait. Un jour, la prof de français nous proposa de rédiger une petite poésie sur le thème de l'animal. Je ne m'étais jamais prêté à l'exercice et trouvais l'idée étrange, pensant que seuls les grands hommes ou les écrivains pouvaient être poètes. J'écrivis alors :

LA crocodile
Son corps paisible et lourd allongé sur la rive
Elle guette d'un œil ferme la gazelle passive
La voyant s'approcher des eaux encore claires
Elle sait qu'elle va bientôt se nourrir de sa chair !

Dans la marge de la copie ma prof avait inscrit : « Pas si mal pour un premier essai, j'attends avec impatience la transformation. Ces histoires de crocodiles peuvent être passionnantes. » Et elle me mit la moyenne. Pour moi, moyen, c'était déjà bien.

Il faut parfois bien peu de choses pour que s'allume le feu des joies. Parfois très peu. Ce fut le cas avec ces quelques banales lignes de « La crocodile » et les encouragements de ma prof qui m'ont projeté vers celle qui serait mon éternelle, et de très loin ma plus fidèle compagne, la poésie.

Éducateur

Minot, j'ai usé mes souliers dans la cour de récré et ciré les bancs d'une salle de classe qu'avait connue Jules Ferry. Mon quartier sentait bon la couenne du peuple et à toute heure résonnaient les carreaux des joueurs de pétanque. À l'âge des poils au menton, j'ai commencé à peloter la balle ovale comme d'autres auraient caressé les touches d'un piano ou la quatrième de couverture d'un bouquin.

Les voyages sportifs me mettaient en joie. La présence de mes partenaires de jeu m'euphorisait. Dès mes premiers matches avec les benjamins, j'ai senti l'apport culturel des chants paillards entonnés dans le bus qui nous conduisait au stade. À l'aller, il s'agissait du *Curé de Camaret* et sur le chemin du retour nous chantions *De Nantes à Montaigu*. Sur le terrain, on braillait les premiers borborygmes, tellement porteurs de sens pour nous ! C'était le temps où émergeaient les gratifiantes missions de capitaine d'équipe et une houle de mots fraternels.

Jeune adulte, barrettes et diplômes embrochés aux épaulettes, la Faculté me déclara « éducateur ». C'était juste après mes premières saisons avec les mâles dominants d'Ovalie et certainement avant de pouvoir prétendre au titre d'homme. Je n'aimais pas trop l'écho du mot « prof », spécialiste enfermé dans une discipline, ni même celui de « maître », trop proche des dieux. Celui d'éducateur m'allait plutôt bien et sa mission occupait tout mon être. Ce titre me donnait le droit et le devoir d'éduquer sur tous les terrains. Quelle fierté d'être missionné par la France pour accomplir cette tâche !

Mes premières leçons, je les ai destinées aux enfants abandonnés, placés en foyer. J'ai ensuite donné des cours à des détenus de la maison d'arrêt de mon département. La course d'orientation et la balle aux prisonniers dans le parc du foyer me donnaient un bien petit bagage, insuffisant pour éviter les embrouilles qui ne tardèrent pas à pointer le bout de leur nez. Un matin qui suivait ma première rentrée, j'ai oublié un jeune orphelin en haut d'un arbre ! L'après-midi même, à la prison, j'affrontais durement un détenu qui passait à côté du respect que l'on doit à un éducateur. Ma carrière débutait en trombe !

À cette époque, je balbutiais des approximations dans le contenu de mes leçons.

Bringuebalant dans mes baskets, j'oscillais entre mon débordant appétit d'agir et les graves incertitudes de ma méthode. Mais je me régalais ! Et je crois que mes bien originaux élèves se régalaient aussi. Je dois avouer que j'ai eu envie d'adopter deux ou trois gamins et parfois de fournir une lime demi-douce à un égaré encabané, mais l'idée m'est vite passée.

J'ai ensuite été nommé à la faculté de Nice en tant que pédagogue spécialisé en sports collectifs. Je n'avais pas de grand bagage culturel mais la certitude de ma vocation me faisait me sentir à ma place. Les quelques milliers d'étudiants, parmi lesquels Yvan Colonna, formèrent avec moi un « duo ». Facétieux, intéressés par tout sauf par les études, ils furent mes maîtres en curiosité et en goût de vivre très épicé. Jouer au prof copain, ce n'est pas très malin, au prof bourrin, ce n'est pas très fin, le prof savant intrigue mais irrite. J'ai donc choisi d'être entraîneur, animateur, profileur, influenceur, rabâcheur, et surtout éducateur.

Aucune tempête d'amphi ne m'a désarçonné. Toutes les tensions, si elles m'ont fait gentiment souffrir, s'installèrent comme une légitime et évidente charge dont les difficultés devaient être assumées avec détermination. Être prof à la fac fut pour moi un privilège. Et tant de mes étudiants devinrent eux-mêmes enseignants que j'en tonitrue de bonheur !

Dans ma trajectoire, j'ai eu également l'opportunité d'accompagner les rugbymen de Toulon, de calibre pro. Avec eux, j'ai testé la pédagogie de l'entrain. J'ai très vite constaté que les joueurs de cette grande équipe gagnaient les matches de championnat en estourbissant joyeusement les équipes-hordes des plaines de Garonne ou du bois de Boulogne.

Je basculais souvent dans les émotions les plus mimétiques, mais cette exultation pétaradante avait pour contrepartie une profonde inquiétude qui habitait l'éducateur que j'étais, soucieux d'innover et de les faire progresser.

J'observais d'autres équipes magnifiques en parties amicales et piteuses en compétitions. Les Toulonnais perdaient quant à eux les matches amicaux et autres secondaires fredaines selon cette devise : « Match amical, pas capital. » Les équipes d'esprit plus amateur aimaient tellement s'amuser qu'elles n'arrivaient pas, le temps du match, à considérer ceux d'en face comme des adversaires. Ces équipes étaient admirables, ne perdant ni leur éthique, ni leur joie de jouer.

Réfléchir en stratège au potentiel danger d'enseigner sans créativité, uniquement en suivant le dogme ou en faisant répéter, m'a emmené au pied de mon Chomolungma d'éducateur sportif. Pendant deux années, j'ai encadré un séminaire à l'École normale supérieure de la rue d'Ulm. Dans ce lieu raffiné, je m'approchais de la pavane en évitant tout de même de flagorner.

Au cours des nombreuses conférences que j'ai animées dans le monde du travail, j'ai tissé des liens et vécu des amitiés sincères avec de nombreux patrons du CAC 40, des DRH de sociétés françaises ou des boss de PME. Tous s'époumonaient en scandant « Ensemble on sera plus fort ! » mais pleuraient de constater que leurs employés travaillaient chacun pour soi et, par conséquent, tombaient malades. Même au sein de ces lieux où l'on bosse dur, je me suis senti éducateur par conviction. J'y ai pris des cheveux blancs et du bedon.

Au lycée agricole de Pau, tout comme au contact des prisonniers ou avec mon armée de gorilles à Mayol, en tous lieux et à chaque étape de mon parcours d'éducateur, j'ai eu la conviction d'être à ma place. Avec tout mon cœur, j'ai enseigné le peu que je savais. Je me suis senti le gardien de ma vocation, celle d'estimer les mortels de ma planète. En retour, ils m'ont éduqué au quotidien.

Mon papet

Moment attesté véridique par son fils qui lui tenait la main pendant l'ultime instant, mon papet s'en est allé dans un long râle où se faufilèrent ces mots : « *Soun aqui, soun aqui leis gendarmis ! Eï pas rés faith !* » « Ils sont là, ils sont là les gendarmes ! Je n'ai rien fait ! » Puis il est mort. « *Adieussiatz, Papet !* » « Adieu, Papet. » Il avait quelque quatre-vingts balais.

Durant toute sa vie, les gendarmes étaient restés cachés dans les recoins de sa conscience. Et il fallut attendre le clap de fin pour qu'il les vomît enfin. Alors qu'il était encore perché sur la très longue échelle au-dessus des nuages, cette question se mit à me tarauder. « Papet, que s'est-il passé avec les gendarmes ? » La vérité, je ne la sus que bien après.

Antonio avait 17 ans lorsqu'il a épousé Dolorès. Il sillonnait alors le Sud sur des routes sans asphalte, entre Béziers et la frontière espagnole qu'il avait traversée en clandestin quelques années auparavant. Au profit de négociants, il manœuvrait une charrette tirée par deux chevaux transportant des barriques de vin jusqu'à Prades et Banyuls. « *Eri crevat, m'indormissieri din lou porto fainian !* » « J'étais crevé, je me suis endormi dans le porte-fainéant. » Le porte-fainéant était un hamac attaché sous le plancher de la charrette, juste au-dessous du banc des rênes.

Tout près de Rivesaltes, la maréchaussée l'intercepta en pleine sieste et trouva, entre les barriques de vin, deux sacs de dix kilos d'oranges. À la frontière, mon papet les avait échangées contre une bonbonne de vin siphonné dans une barrique. « *Eï rés faith !* » « Je n'ai rien fait ! »

Les flics le verbalisèrent et le ramenèrent presque en le suivant à la frontière, côté espagnol. Dolorès, sa très jeune femme, était restée au village des Français.

Seule un an durant, avec ma maman bébé en bandoulière, mamée Dolorès écumera les garrigues pour assurer survie et pitance en ramassant pissenlits tendres, poireaux sauvages, asperges pour omelette avec œuf de pigasse, mûres de ronces, escargots aux jours humides et parfois un lapereau chopé à la main dans le fond du terrier.

Le papet mit un point d'honneur à revenir. Par les sous-bois de Catalogne et d'Aragon, par les raccourcis d'Ariège puis des Corbières, il traça son chemin jusqu'aux siens. Et jusqu'à sa mort il resta hanté par tout ce qui, de près ou de loin, s'apparentait à de la flicaille.

Bien belle consolation pour toi mon papet, de voir tes petits-fils, mes frères André et Bernard, devenir titulaires du XV de France de rugby, et moi-même être le capitaine de l'équipe de France Juniors. Sur tes traces d'Espagnol immigré, mon papet, nous nous sommes engagés et tes pas nous ont guidés.

Mamée et ma mère

Dans le cœur d'un enfant, la place libre est immense. Celle occupée par ma grand-mère maternelle dans le mien lui était joliment réservée bien avant ma naissance, alors que, encore dans les limbes, je n'étais qu'une idée.

Lorsque ma mamée Dolorès déboula dans ma vie, le jour même où je naquis dans son lit, elle jeta, au pied de ce dernier, du gros sel pour éloigner le mauvais œil. Elle devait avoir un certain talent pour ces choses-là puisque la malédiction n'a jamais réussi à trouver la poignée de ma porte d'entrée.

Jusqu'à l'âge de 10 ans, je passais tous mes étés au village natal, dans sa maison aux murs blancs. À chaque aube, elle déposait du sucre fin dans mes chocolats chauds, et une Vache qui rit dans la saquette de mon papet les matins où je l'accompagnais à la vigne. Parfois, je lui rendais visite l'hiver. En 1956, « *l'anado ou lou fuoc se jalet* », « l'année où il fit si froid que le feu s'est gelé », elle préparait, à chacun de mes goûters, une tartine de pain grillé au feu de bois, grattée à l'ail et arrosée d'huile d'olive. Un régal jusqu'alors inégalé.

La présence de ma mamée, son affection, se manifestaient dans le silence et la sobriété. Parfois, je rumine la déception de n'avoir pas su ressentir sa profonde tendresse dans les rares bises qu'elle déposait sur mes joues. La ride des fatalités zébrait ses mandibules et sa ténébreuse résignation creusait ses cernes. Mais elle m'aimait et elle ne savait qu'être gentille, infiniment gentille.

Ma mamée, je ne faisais que la voir. Je ne l'entendais presque jamais. Elle se déplaçait par petits pas, de ces petits pas que font les fillettes lorsqu'une robe de sirène les entrave à mi-mollet. Comme les toutes petites gens, elle marchait droit sans relever la tête. Les grands pas sont réservés à ceux qui donnent les ordres.

Ses jambes blanches et nerveuses racontaient, pour qui savait les lire, un héritage de danseuse de flamenco. Elles n'eurent pourtant pour compagnon qu'un tablier gris, et pour parure, une jupe d'un noir qui en a marre.

Une vie durant, la vie ne la vit pas. Ses très longs cheveux ont eu la couleur du sel alors qu'elle était encore très jeune. Avait-elle un jour été une enfant ? Elle ne connut ni le jeu, ni la liberté, seulement l'oppression et l'exil.

La guerre avait laissé meurtri et exsangue le village de mes anciens. Partout, la gamelle était maigre. À l'approche de l'âge de raison, ma mamée s'est extraite de la gangue pégueuse de la misère espagnole pour trébucher sans amortisseur dans un mas languedocien. Dans ce premier mas proche de Narbonne, elle fut une bugadière estimée. Dans un autre à Lézignan, elle servit ses maîtres comme il se devait. Plus tard, mon imagination tentait de recoller les pièces du puzzle de sa jeunesse, cette période qu'elle n'évoquait jamais. J'espérais qu'elle n'avait pas connu l'offense faite aux tisanières, ces très jeunes filles, employées de maison, qui devaient, au moment de la sieste du maître, lui apporter une tisane digestive dans sa chambre afin de parfaire son repos...

Son corps et son cœur de jeune fille avaient été oubliés sur le chemin de l'exil alors qu'elle devait certainement rêver d'aller au bal. Pensait-elle au loup ? Au berger ? À un Sancho Pança ou à un Don Quichotte du village voisin ? Je ne l'imaginais pas...

À l'âge de 16 ans, elle arriva dans notre village cathare et on la maria à Antonio. Le trajet de jeunesse de mon papet, identique au sien, avait également détruit toute trace de joie sur son visage, ne laissant que de sourcilleuses barres sombres à froncer au-dessus de ses yeux.

Dans sa demeure, c'est entre l'âtre au sol d'une cheminée et la cuisinière à bois que ma mamée parcourait son chemin de croix de mère et de femme. Mais lorsqu'elle folâtrait dans la garrigue, elle laissait s'exprimer sa jeunesse de corps et d'esprit. Le temps d'une balade, loin des champs sociaux de la famille ou du travail, c'est là que la liberté l'attendait ! Les escargots qu'elle ramassait ne la pressaient pas, les mûres s'offraient à ses mains avec délicatesse. Elle cueillait un œuf de pie sur les branches d'un amandier. Ces aventures en pleine nature prouvaient qu'il restait au fond d'elle un tempérament d'enfant sauvage, mis au pli par les siècles inquisiteurs et les pères de famille.

Je n'ai jamais vu ou entendu rire ma mamée. Mais dans cet espace de nature qu'elle aimait, j'imaginais qu'elle souriait. Comme ce fut le cas le jour de mes 11 ans. Alors que je lui confiais qu'en fin d'après-midi j'irai me promener avec Louisette, ma première copine, sous le pont du Lirou, à l'abri des regards, elle murmura un « Coquin ! ». Je découvris alors des yeux complices que je ne lui connaissais pas et ses dents du haut, pour la première fois.

Ma mère, comme ma mamée, n'eut jamais le temps de réfléchir à sa vie pour en faire une œuvre. Elle devint mère à un âge où elle ignorait encore par où allait sortir ce bébé qu'une malencontreuse manœuvre de mon père avait déposé dans son ventre.

Très vite, la maternité, la vie familiale et la conquête d'un minimum vital ont envahi son quotidien. Avec mamée, à l'abri du même toit, elles élevèrent mes frères aînés alors que la guerre faisait encore rage. Elles ne purent éviter le carnage de mon père dans les poulaillers du voisinage... qui causa de grands désagréments.

L'armistice signé, la pitance se remit au gras. Et l'envie d'inviter dans ce monde un enfant de la paix, désiré, agita de soubresauts le lit conjugal de mes parents. Un peu plus tard, je pointais le bout de mon nez dans la chambre de ma mamée.

Quelque temps après ma naissance, mes parents décidèrent de quitter un village aux horizons bouchés. Ils trimballèrent leur vie dans un baluchon ovale en direction de Toulon. Mon père avait pour projet de jouer au rugby et de percuter, encore et toujours. En faisant des ménages, ma maman partait à la conquête d'un bonheur devenu enfin possible. Toulon nous a accueillis à bras ouverts, nous étions des vaillants !

À chaque Noël, ma mère me donnait une bise qui couvrait tous les autres jours de l'année, sans que cette rareté m'apparût comme un manque, encore moins comme une douleur. Comme ma mamée, elle mettait son cœur à l'ouvrage et son corps au dur labeur, afin que la France reconnût ses six enfants. Ce fut le cas lorsque nous avons porté sur nos maillots de rugby le Coq français ou lorsque nous avons été diplômés.

Elle fut une mère magnifique, sans être une jolie femme. Bien que sa haute stature et son nez de caractère lui auraient autorisé les podiums... Ah, maman ! Comme je fus troublé et enchanté le jour où, dans ta quatre-vingtième année, tu m'as confié, les joues redevenues ardentes, que le mari d'une très éloignée cousine défunte t'avait soufflé dans ton patois d'enfance : « *Sias encaro pla fresca !* » « Tu es encore bien fraîche ! »

Comme cette fois où, pour l'entraînement avec mon équipe de minimes du RC Toulon, tu cherchais dans notre unique armoire un vieux maillot lorsque est tombé un petit sac de toile d'où sortirent deux bonnets de mousse, étudiés pour gaillardiser une poitrine trop lasse. Confuse, tu m'as dit dans un joli sourire : « Avant, je n'en avais pas besoin ! »

Femme tu étais, *mi madre !* Et vers les femmes tu m'as guidé sans crainte ni angoisse, tout en respect et en admiration. Tu m'as offert ton ventre et ton sein pour que je vive et me mette debout, tes bras en secours pour que je puisse courir sans tomber, et ton œil complaisant pour que je puisse entrer aux Champs-Élysées des amours féminines, sourire aux lèvres.

Si ma mère et ma mamée ne furent pas des modèles féminins, leur présence affective m'a permis d'être un humain libre, à l'aise dans ma relation aux femmes. Je ne me sens jamais supérieur, rarement débordé. Je suis réceptif à la beauté d'une femme, à sa gentillesse, à sa délicatesse, à son irritation. Même auprès de celles que je ne comprends pas, j'essaie de faire preuve d'une grande tolérance.

Je ne cherche toujours pas à savoir pourquoi la poitrine des femmes, même la plus minuscule, exerce chez moi le plus sain des flashs d'attachement, pour la plus désirable des beautés du corps féminin.

Au cours de mes innombrables voyages, je n'ai jamais été aussi bien accueilli que par des femmes. Dans tous les pays, dans les terres les plus reculées du monde entier, elles sont le trait d'union entre les cœurs. Elles détiennent, sans le savoir, l'héritage immense des liens entre les humains.

Cette chaîne d'amour est extensible à l'infini. Ma mère aimait les filles que j'aimais ou qui m'aimaient, tout comme j'aime, sans la moindre hésitation, les femmes qui entourent mes proches.

Ma fille Fanny me gratifia d'amples bouffées de joie, nées de ses amitiés féminines qui devinrent les miennes, enrichissant ma vie. Ma petite-fille Selma embellit mes jours avec sa sororité adolescente qui me ravit.

Du haut de ses 6 ans, Rosalie s'applique, elle aussi, à mettre ses petons dans les maillons de cette chaîne familiale, convoquant ses copines princesses ou escaladeuses et m'offrant le rôle de dompteur de lion dans ses fantasques aventures imaginaires.

Je revois alors les douces attentions transmises par ma mamée, et je ressens encore l'amour que ma mère me portait. Je me rends compte que mon inclination pour aimer ne s'est pas rabougrie au fil des années. Au contraire, les espaces libres dans mon cœur d'enfant se sont amplifiés.

L'énigme du 15

Le poisson frais de l'Amazone et le citron vert du mojito parfument la petite ville de Santarem au Brésil. Alors que nous avançons sur le rio Tapajós, l'un des grands affluents de la rive droite de l'Amazone, je prends la liberté offerte par les piranhas partis faire deux courses vers Manaus, et je décide de me baigner. C'est alors que je vois passer une doublette d'ailerons, teintés d'un rose singulier. Il s'agit du fameux *boto*, ce dauphin rose d'Amazonie, unique en eau douce.

Derrière les deux qui tournoient autour de notre embarcation, j'en compte huit autres en groupe très compact, du genre mêlée. Ont-ils quelque chose à nous dire ? Nous invitent-ils à livrer un match amical que j'avais omis de noter dans ma saison rugbystique ?

Les *botos* semblent maintenant s'échauffer, surgissant de l'eau ensemble, se collant les uns aux autres à l'aide de leurs immenses nageoires pectorales. Cette vague rose se déplace à vive allure, créant une onde joyeuse.

Bientôt, une ligne de cinq ailerons dorsaux rejoint le bal des dauphins. Je recompte. Deux éclaireurs avisés, huit gaillards dans le pack, et les cinq derniers. Les dauphins roses sont quinze...

Quelques années après, j'ai eu le choix entre un périple dans un monastère bouddhiste au fin fond du Tibet pour méditer ou le pays de Geronimo. Sans réfléchir aux conséquences spirituelles de mon choix, j'ai décidé d'aller dans les réserves apaches d'Arizona, plus précisément à Fort Apache.

En balade dans la Petrified Forest, toute proche de la réserve, je me baissai pour prendre un minuscule caillou noir qui avait attiré mon regard. Je n'exagère pas si je précise que c'était certainement la première – et l'unique – fois de ma vie que je ramassais quelque chose à terre. Je n'aimais pas cueillir les champignons, ni récolter les légumes, en dehors de mes tomates sur pieds, une fois qu'ils atteignent un mètre de hauteur. En réalité, je ne m'étais jamais baissé pour une autre raison que pour lacer mes chaussures à crampons ou pour cueillir une balle impertinente, rebondissant sur la pelouse du stade Mayol.

Le soir, alors que je montrais l'objet de ma collecte au chamane de la réserve de San Carlos, ce dernier attesta qu'il s'agissait d'une pointe de flèche avec une tête de bison sculptée. Un bison ! Mon animal totem par déduction, ou plus probablement par conviction.

Je me suis ensuite rendu dans la vallée de Lamar, au nord du parc du Yellowstone. Dans cette partie des États-Unis vit le plus grand troupeau de bisons du monde. Il compte quelque cinq mille têtes ! J'y avais déjà croisé l'immense grizzli, le coyote paisible et l'ours brun.

De l'autre côté de la Yellow Stone River, je perçois au loin une masse sombre qui atteste de la présence d'un troupeau. Je contourne alors le massif de grands pins et, en redescendant vers la rivière Lamar, je me retrouve nez à nez avec eux... les bisons. Est-ce utile de préciser que mon animal totem peut mesurer jusqu'à deux mètres et peser dans les huit cents kilos ? Installé ici depuis des milliers d'années, il est chez lui. D'ordinaire, il ne faut pas s'en approcher à moins d'une petite trentaine de mètres. Je me trouve à seulement dix mètres. Je pourrais presque sentir leur souffle tiède. Je reste figé.

L'un d'eux s'avance, me frôle presque et continue son chemin. Quatre ou cinq gaillards le suivent. Puis un deuxième, bientôt un troisième groupe. Alors je compte... Et, croyez-le ou non, les bisons sont au nombre de quinze.

Au risque d'apparaître sous influence de la déesse Ovalie, je n'ai voulu déduire aucune conclusion à cette énigme. Mais comment ignorer que le nombre quinze me poursuit ? Où que j'aille et sans relâche, il est celui que j'ai le plus prononcé au cours de ma vie. Il a enflammé tous mes dimanches, et ce depuis ma plus tendre enfance.

Je l'ai découvert avant même de savoir compter, dans les tribunes du stade de rugby où mon père m'emmenait. J'avais tout juste deux ans, et tous mes dimanches étaient dédiés aux matches de rugby. Mon père me faisait réciter la composition des équipes qui allaient s'affronter alors que je savais à peine parler.

Quand j'ai commencé à pratiquer le jeu de rugby vers l'âge de 11 ans, j'avais déjà vu près de cinq cents matches. Quand j'ai commencé à jouer, je savais déjà jouer. Je ne jouais pas bien, mais j'avais l'intelligence des trajectoires, la notion des déplacements sur un terrain. Si bien qu'on me disait : « Tu es rugby, toi. »

Dans ce sport qui se joue à 15, j'avais baigné depuis toujours. C'est comme si on me l'avait insufflé, comme si petit à petit il avait germé en moi.

Il existe un rugby à 13 et un autre, olympique, qui se pratique à 7. L'un est plus simpliste et l'autre allergique aux auto-tampons. Mais, avec des joueurs en moins, il me semble que c'est tout le champ des solidarités qui s'ampute. À 15, les traits différenciants de chaque joueur enrichissent la vie de tous. Vivre ensemble est la quête, vivre libres, ensemble, est la plus belle des conquêtes.

J'ai eu beau chercher, je me suis rendu compte qu'aucun sport collectif ne se pratique au-delà de quinze individus. Si l'on regarde d'ailleurs vers d'autres sphères, au sein des grandes entreprises françaises ou des structures gouvernementales, il me semble que c'est autour de ce même nombre que se trouve l'entité-base. Au-delà, le champ des possibles est trop grand et les hypothèses de combinaisons immensément complexes.

Si l'on se réfère aux mathématiques, un groupe de quinze personnes charrie avec lui un baluchon rempli de probabilités relationnelles, de quoi effrayer les plus grands piliers de la terre, y compris ceux des All Blacks ou du RC Toulon. Je me suis souvent demandé combien de groupes on pouvait former dans une équipe de quinze joueurs. $2^{15} = 32\,768$. Il existe donc potentiellement plus de 30 000 hypothèses de groupe avec seulement quinze personnes et plus de 14 millions de relations humaines individuelles si on divise une équipe de rugby en trois groupes (première, deuxième et troisième lignes). $3^{15} = 14\,348\,907$.

Combien de nuits ou de dimanches ai-je passés à pleurer, cherchant à résoudre cette énigme ? Celle d'apporter toutes les solutions à un groupe en interaction. Cette énigme m'a hanté toute ma vie. Et c'est en même temps ce challenge qui m'a donné le goût des autres. Je repense alors à ce que disait Michel Serres : « Tu devras tous les rencontrer, tous les humains de la planète. »

Au cours de toutes mes péripéties, au gré de mes balades et de mes missions, j'ai appris cette chose primordiale : si je ne peux pas les comprendre, je peux, au moins, les aimer comme un fou… ces magnifiques humains.

Le chant des possibles

De mon école primaire, je retiens surtout madame Fraîche, institutrice du cours préparatoire. Cette très vieille dame à moustache avait des chouchous et ça faisait jaser. Surtout ceux qui, comme moi, n'en faisaient pas partie. Madame Fraîche me fit ingurgiter décemment le b.a.-ba, le 1 + 1 = 2 ou 3 je ne savais pas très bien, et, comme dans tous les CP de France à cette époque, elle nous a raconté que « la biche brame au clair de lune » lorsque son petit faon délicieux ne rentre pas pour le repas du soir. Ce poème est sans doute le premier texte que j'ai appris par cœur. « Par cœur », quelle jolie expression qui dit bien que ce n'est pas affaire de mémoire.

Aujourd'hui encore, je me souviens de cette histoire de biche et d'autres fables du primaire qui évoquaient une cohorte d'animaux. Mais je me rappelle surtout que d'avoir conté sur l'estrade cette biche triste en pleurant m'a valu mon premier trophée, un bon point de la part de madame Fraîche.

Qu'est-ce que la poésie était alors pour moi ? « Le seul endroit où la puissance du chiffre ne passe pas. » Ma sensibilité d'enfant fut très tôt en phase avec cette pensée d'Odysséas Elytis.

Durant toute mon enfance, les livres étaient absents des étagères de ma maison. Les seuls en ma possession étaient les manuels scolaires gratuits « de la société » (ceux que l'on remettait gratuitement à tous les enfants). Pendant longtemps, ils furent les seuls ouvrages à franchir le seuil de notre chaumière. Quant à l'électrophone, il mit aussi du temps à arriver dans ma famille, j'étais grandet et j'avais déjà joué plus d'une centaine de matches de rugby.

Et puis, un jour, alors que je rentrais d'un match perdu avec l'équipe de mon collège, j'ai trébuché. Devant une librairie, mon nez a heurté un coin de la vitrine où trônait un petit livre à la couverture de lin. Son titre était *Chansons pour ma mélancolie* de Marcel Mouloudji. J'ai été comme foudroyé. Je m'empressai alors de l'acheter avec les petits sous que ma mère me donnait le mercredi pour mon goûter d'après-match.

Son auteur était chanteur, il fredonnait avec tendresse et trémolos des poèmes de toujours. J'étais convaincu que ces chansons pourraient me donner la solution face à mes états d'âme pas très éloignés de la tristesse. Que nenni... Avec quelques coquelicots dans une tragique histoire d'amour, il me fit pleurer au terminus de ma première amourette érotisée.

À ce moment-là, il fut le livre de ma vie. Il faut dire qu'il était le seul, rangé soigneusement sous mon lit, unique coin privé dans cette chambre pour trois enfants. Mouloudji, le baladin de Montmartre, le tournoyeur de jolis mots, était devenu mon compagnon. Il est toujours dans ma bibliothèque, au centre de l'étagère réservée aux livres d'or.

Chansons pour ma mélancolie fut un signal, un feu vert de sémaphore. Mais il fallut attendre mon deuxième gadin sur les ramblas de Barcelone pour que la prose et les vers se mettent à danser dans mon gosier.

Je n'étais pas encore bachelier et, grâce à ma prime de rugbyman remplaçant de l'équipe première, je rendais visite à la terre de mes papets. Dans cette Espagne, Franco terrorisait la démocratie et la Guardia Civil mordait aux frontières.

Je me trouvais sur les ramblas, quand une malencontreuse gamelle me fit atterrir au pied d'un étal de livres. L'un d'eux, *Œuvres complètes* de García Lorca, semblait me tendre ses pages. Je le feuilletai pendant deux minutes, et l'achetai dès la troisième. Gitans et flamenco, toros et peuple orgueilleux, *duende* à chaque ligne... Dans un même ouvrage, toute l'âme de ce pays était réunie. Lorca devint instantanément mon ami, et son œuvre, ma compagne.

Cette rencontre fut pour moi un bouleversement considérable. « Toutes les choses ont leur mystère et, la poésie, c'est le mystère de toutes les choses. » Il n'est jamais trop tard pour sentir la parole poétique prendre possession de sa pensée. J'avais tout juste 17 ans, la poésie venait de m'emporter.

La lecture de Lorca, en lui ouvrant mon cœur, me permit d'accepter l'idée que j'étais en droit d'aimer sincèrement, et sans équivoque, la poésie. Les mois suivants, je me mis à butiner. Je découvre Rimbaud, et *Le Bateau ivre* et *Le Dormeur du val* vont traîner autour de moi. *Le Déserteur* de Boris Vian va titiller mon âme de sportif qui aime la bataille mais refuse la guerre. Je me passionne pour Prévert.

C'est comme si j'avais ouvert une vanne. Je n'avais pas hérité de la culture poétique mais sa sincérité venait de me frapper. J'acceptais de lâcher une part de mon éducation et quelque chose en moi se libérait. C'est à partir de ce moment que ma parole a changé. Ma façon de m'exprimer est devenue différente. En découvrant Lorca, j'ai trouvé ma voix.

Tous les autres livres furent mes copains, mes béquilles de jour, mes câlins du soir, mes frères de route. Et puis, j'ai appris que René Char jouait deuxième ligne de rugby à L'Isle-sur-Sorgue et que Charles Juliet, pupille de la nation, mit entre ses mains une balle ovale, comme une bouée de sauvetage, en plus des tombereaux de poèmes racontant un destin mal endraillé.

J'aurais voulu jouer avec ces gars-là, mimétiser leur allure, m'inspirer de leur nature. Pour partir lutter contre les Anglais, je convoquais également tous les héros d'Homère et de Hugo, ainsi que le génie d'Aragon dans son *Affiche rouge*.

À chaque veille d'un match de fiel, et donc d'une nuit de fièvre, je conviais l'armada de mes collègues poètes, l'équipe des murmures ou celle qui hurle les amours fous, et les prêcheurs d'agapes et de vins doux comme Omar Khayyâm. Ce dernier, épicurien aux vers habités par l'ivresse, me permit de vaincre Bordeaux. Il m'arrivait également de faire appel à une paire d'attaquantes formée par Louise Michel et Gisèle Halimi, poétesses ardentes des injustices et des entrailles féminines qui ont pointé leurs seins comme des armes pour défendre leurs sœurs.

Quand je marchais sur les routes du monde, tenant mes deux enfants par la main, le souffle du *Chant général* de Pablo Neruda me poussait avec force et enthousiasme.

À chaque difficulté sur mon parcours, j'ai convoqué un Renaud au cœur d'artichaut, un Prévert, trop grand fumeur pour devenir un excellent entraîneur des battements de cœur, ou un Léo Ferré, toujours prompt à m'enflammer. Quant à Jacques Brel, j'ai traversé le globe pour me pencher sur sa tombe d'Hiva Oa aux îles Marquises, et terminer une conversation.

En parlant de conversation, je crois que j'ai presque fini de te dire ce que j'avais à te dire. J'ai le souffle haletant des athlètes contents. Sur les sentiers de l'écriture, j'ai galopé. Je ressens désormais la satisfaction d'un sportif qui décélère à l'approche du but.

« *Adishatz !* » C'est ce qu'aurait dit Michel Serres s'il m'avait raconté l'histoire de sa Garonne, de son père Valmy, batelier sur ce fleuve, ou s'il m'avait conté son bonheur d'enseigner. Michel Serres est mon maître. Il a parlé de sa famille et de son métier avec tellement d'amour…

Dans ce livre, je t'ai emmené avec moi sur ma route familiale, sur le chemin de mes imprégnations. Je t'ai raconté toutes ces mains tendues qui m'ont permis d'aimer les quatre coins du monde et de les goûter en poète.

Adishatz ! Il ne s'agit pas d'un adieu, mais bien d'un mot qui dit à la fois « au revoir » et « bonjour ».

Adishatz ! chers tous, compagnes et compagnons !

Remerciements

À Janie,

Chardon Bleu éclatant et sculptrice ardente de buissons.

À Marie Minair,

Dame cabossée pleine de talent, posée en libellule sur mon épaule de percussion.

À Jean Defianas,

Psy samaritain, mon ami des chants humains, qui m'a convaincu d'écrire cette ballade !

À Clément,

Qui « m'amicala » aux beaux chiffres et grands nombres alors que je lui contais chutes et chocs.

⁂

Merci à Rosalie, ma cure de jouvence pour le millénaire à venir.

Merci à la balle de Bath, elle me donna les noms de tous ceux qui l'ont aimée.

Merci au Dos Gris d'Ouganda, que j'ai tant désiré attraper dans mes rêves pour le faire jouer dans mon Équipe de rugby.

Et un grand *abrazo* fraternel à celles et ceux qui, accompagnant cette balade en écriture, se réjouirent des laborieuses régalades que j'ai constamment éprouvées.

Chacun au tas versant des sommes.
De sentiments forts et fidèles.

Paul Verlaine,
« Læti et Errabundi ».

Table

Achevé d'imprimer sur Roto-Page
par l'Imprimerie Floch
en octobre 2022.
Numéro d'imprimeur : 101258

Imprimé en France